Mutilation au bas de
la page 73   6 Janvr 1920
J. Hanchez

A conserver

I0650082

CHAIR MOLLE

743

$8y^2$

43431.

PAUL ADAM

CHAIR MOLLE

ROMAN NATURALISTE

PRÉFACE PAR PAUL ALEXIS

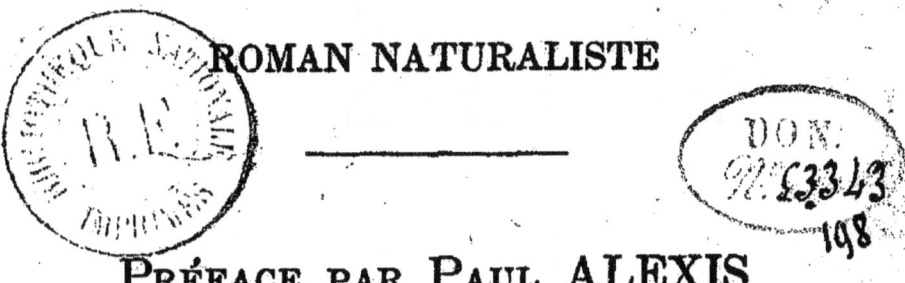

LABOREMV

BRUXELLES

AUGUSTE BRANCART, ÉDITEUR

4, rue de Loxum et 30, rue d'Arenberg

1885

PRÉFACE

—

Simplement, et avec une complète sincérité, je voudrais rendre l'impression produite sur moi par cette œuvre, qu'un jeune homme de vingt-deux ans, dont je n'avais jamais entendu prononcer le nom, me fit l'honneur de m'apporter, en manuscrit, vers le commencement de l'été 1884.

Je pense assez de bien de *Chair Molle* pour en dire d'abord un grand mal — « jumellement » ajouterait sans doute M. Paul Adam, dont la jeunesse affectionne encore, çà et là, le terme bizarre, le mot extraordinaire. — Et ce n'est pas tout, grand misérable ! M. de Paris, devant la Roquette, a certainement envoyé de vie à trépas beaucoup d'intéressants assassins qui n'avaient pas commis la dixième partie de vos méfaits. En effet, cette pauvre vieille et toujours jeune langue française, si franche, si souple, si propre à s'adapter à toutes les complications de notre monde moderne, n'est-ce pas un crime de lui relever les jupes à l'endroit de la syntaxe? Oser toucher à son *pudendum,* ô enfant dénaturé! Laissez cet inceste à quelque vieux Parnassien aigri et très chevelu. Parce que vous seriez un fanatique de la concision, Don Quichotte à votre manière, vous vous escrimez contre les prépositions *de :* ce sont de piètres moulins à vent.

Non! laissez-moi lâcher bien vite ce rôle de professeur de style et de conservateur de la langue, qui me ravit médiocrement et que je vous en veux de m'avoir imposé. D'autant plus que, si vous tenez à savoir le fond de mon cœur naturaliste, je vous avouerai que ces questions de forme rigoureuse, de correction parfaite, d'habillement irréprochable, je les tiens pour secondaires dans le mérite d'un livre. J'ai même la conviction qu'un illetré, s'il était quelqu'un, pourrait écrire un chef-d'œuvre en baragouin et en charabia; certes, ainsi fagotté, le chef-d'œuvre d'abord rebuterait; mais on finirait par s'accoutumer à sa facture rudimentaire, à ses gros sabots et à ses loques. Il en est des défectuosités d'un style comme des irrégularités d'un visage : choqué par elles à première vue, on s'y fait, l'habitude blase. Puis, dès que l'affection est née — pour la personne ou pour le livre, — on ne distingue plus les défauts, qui, à la longue, s'impriment en nous jusqu'à nous paraître nécessaires.

Le style de *Chair Molle* est d'ailleurs l'opposé d'un style naïf, en haillons et en gros sabots. Comme beaucoup de livres récents, celui-ci pêche plutôt par un excès d'art, par un manque de bonhomie et de laisser aller. On sent que, comme tous ceux de notre génération, qui a tant de mal à se dégager du romantisme, M. Paul Adam est lui-même une victime de la phrase. Il n'en est pas arrivé à son égard à ce demi-mépris, qui se trouve être la meilleure condition pour bien la faire. Mais qu'importe? je ne me suis que trop appesanti sur des misères.

Ce qui m'a conquis dans *Chair Molle*, ce que j'ai trouvé solide, et sain, et rassérénant, ce sont les dessous de vérité que j'ai cru reconnaître derrière chaque page. Comme aurait dit Duranty : « Ce livre a le son de la réalité. » De la première ligne à la dernière, apparaît la préoccupation de l'auteur, de s'enfermer dans ce qu'il a vu, constaté, vécu, deviné au moins. Son œuvre contient le mérite de ces études de peintre, achevées devant la nature, le modèle sous les yeux. La simplicité de la donnée, avec un sens de la vie, avec une précoce fermeté de touche, mettent bien en valeur cette conscience. Enfin, l'émancipation de tout, un beau calme, aucune concession à la morale bourgeoise : tout cela n'est pas vulgaire.

Aussi *Chair Molle* arrivera à un réjouissant résul-

tat. Ils vont se scandaliser encore, ceux qui reprochent aux naturalistes de ne pas étudier « des âmes
choisies. » Une fois de plus, ils vont voir combien la
jeunesse fait peu de cas de leurs leçons. Comment?
après qu'ils ont crié sur tous les tons à l'immoralité,
après tant de boue jetée à nos visages, lorsqu'ils ont
maintes fois, au nom du goût et des mœurs, flétri
l'emploi de la fille en littérature, voilà précisément un
nouveau qui débute en leur lançant au nez l'histoire
d'une fille : quel camouflet! Ils n'ont donc jamais convaincu personne? Si, des fois : le parquet!

Nonobstant, je ne saurais trop féliciter M. Paul
Adam pour cette création de « Lucie Thirache, » bien
à lui, car il l'a tirée de son observation directe, de son
expérience précoce, de sa jeunesse passée dans le nord
de la France, à Douai, Arras et Lille. Certes, par
quelques traits généraux communs, Lucie Thirache a
sans doute un air de famille avec ses aînées, les autres
« filles » de la littérature. Mais elle est tout de même
venue au monde avec sa physionomie propre, telle-
ment que si elle était là, en chair et en os, dans un
endroit où se trouveraient réunies Manon Lescaut,
Esther, Rosanette, la fille Élisa, Nana, Boule-de-
Suif, Marthe, Annyl, Lucie Pellegrin, il serait aisé
de la reconnaître entre toutes à coup sûr. Oui! Lucie
Thirache, Lucie Pellegrin, Annyl, Marthe, Boule-de-
Suif, Nana, la fille Élisa, Rosanette, Esther, Manon
Lescaut! j'en passe, sans doute ; mais on voit qu'on

peut les compter, quoi qu'on en ait dit. Encore, pour faire nombre, j'ai dû en mettre des petites, de toutes petites, à côté des très grandes. Eh bien ! fussent-elles cent fois plus nombreuses, « les filles » du roman moderne, M. Paul Adam n'en aura eu que plus de mérite d'avoir ajouté la sienne à la famille; et il ne faudrait point que, demain, quelque nouveau venu se gênât pour en marquer encore une à son empreinte personnelle.

Ce qui me prend au cœur dans *Chair Molle*, ne vous en déplaise, c'est la psychologie seule, rien que la psychologie, du personnage central, cette même psychologie dont la critique idéaliste a fait le champ de bataille de ses dernières résistances. Seulement, il faut s'entendre : mieux que par des raisonnements, plus clairement qu'au moyen de dissertations fastidieuses, avec la précision d'une expérience, l'évocateur de Lucie Thirache nous a montré le dedans d'un être. Pauvre être, sans défense, irresponsable, chair à plaisir, chair à souffrir! Qui de nous n'a rencontré quelque Lucie Thirache ? Eh bien, celle du livre nous fait mieux comprendre celles de la réalité. Intelligence crépusculaire, volonté capricante, vacherie native développée dans l'exercice de la prostitution : tout est posé, déduit, éclairé par des faits. Et rien n'est poussé au noir. Tenez! la voici, semblable à la généralité de l'espèce, bonne fille, sympathique, généralement inoffensive, dupe toujours. Elle rit, elle est insouciante,

elle pleure, mais ses douleurs ne sont pas plus profondes que ses joies; ses sens sont endormis, puis
s'éveillent, la brûlent, puis se calment; elle aime, elle
est lâchée, elle aime encore; elle trompe, sans plaisir,
pour rien; se promettant de n'être plus à personne,
elle se vend à tous. Et à travers cette inconsistance,
ce manque de suite, ces sautes d'humeur et de caractère, pendant que son cœur reste vague et que son
esprit vide fait tic-tac comme un coucou de trois francs
cinquante, il arrive que, sans grands mots, sans
grandes aventures, sans trémolos à l'orchestre, Lucie
Thirache nous poigne étrangement. Elle nous intéresse, comme la vie, la vie prise sur le fait; même elle
nous instruit, et bien plus immédiatement que si
l'auteur lui avait prêté « l'âme choisie » que sont censés
avoir les duchesses, les critiques de la *Revue des Deux
Mondes*, les normaliens.

Même, à la fin, l'empoigne de cette réalité est telle,
qu'on en arrive à s'accomoder du dada anti-gramma-
tical, qui a poussé le jeune écrivain à désosser un
certain nombre de ses phrases. Ne disais-je pas qu'on
se fait à tout ? A la longue, ces volontaires dislo-
cations et appauvrissements, en harmonie avec le
sujet, prennent du caractère. Allez-y, alors! Ne vous
refusez plus rien, les très jeunes! Forcez la syntaxe,
fouaillez la grammaire, faites éclater le dictionnaire.
Soit ! si c'est là votre façon de rendre nerveusement
la vie. — Et encore ? Non ! Lorsqu'on a le bonheur

rare d'être quelqu'un, d'avoir quelque chose à dire, je m'imagine que le meilleur moyen pour le dire consiste à écrire sans jargon, en se servant des termes que tout le monde comprend.

PAUL ALEXIS.

Paris, le 6 février 1885.

PREMIÈRE PARTIE

I

A la gare de Douai, Lucie Thirache était descendue.

Elle se faufila parmi les commissionnaires chargés de malles et parvint sous la marquise extérieure : les portières d'omnibus béaient au bord du trottoir. De l'une à l'autre elle allait, indifférente aux boniments des conducteurs, s'attardant à déchiffrer les enseignes. L'inscription « Hôtel de Versailles » l'arrêta ; dans sa dernière lettre, la patronne avait désigné cette voiture. Elle monta. Pour lui faire place, un monsieur ramassa sur ses genoux les pans de sa redingote ; une jeune fille amoncela un châle, des paquets, plusieurs cartons. Lucie remercia, recueillit un coup de chapeau et un sourire. Flattée de ces politesses, elle examinait ses compagnons avec sympathie ; par les regards, rapidement, une intimité s'établissait :

— Où va Mademoiselle ? interrogea le cocher.

Elle rougit, par embarras : indiquer l'adresse, sans doute bien connue, de la maison Donard, c'était, devant tous, dénoncer son métier de fille. Muette, elle espéra d'inopinées recommandations qui, données par les autres voyageurs, étoufferaient peut-être sa réponse. Personne ne parla. Elle dut se décider.

— 7, rue Pépin.

Un rire montra les dents gâtées du cocher. Il reclaqua la portière, proclamant à un collègue :

— Hé ! Flachaut, nous nous mettons bien : nous conduisons une nouvelle pour le 7.

Avec un bruit étourdisseur de vitres dansant en leurs châssis, l'omnibus cahota par la ville. Le monsieur avait mis un binocle. Partout, il scrutait Lucie, dans une étude insolente de sa toilette et de ses gestes. Sous ce regard la fille détourna la tête. Par le vasistas elle fixait les yeux sur une place caillouteuse, vers un kiosque à musique militaire, renfermant des chaises en piles. Elle songea : Ainsi on la méprisait, tout de suite, sitôt sa condition décélée et, pourtant, elle n'était pas encore au bordel ! Que serait-ce quand elle en porterait la livrée, ces hardes voyantes qu'elle imaginait bleues, rouges, vertes, très décolletées; et, si on lui donnait des peignoirs de gaze, ils lui siéraient parfaitement, car elle avait la peau fort blanche.

Elle s'oublia en une minutieuse analyse de ses beautés corporelles et, ayant pensé aux costumes qui lui conviendraient le mieux, les magasins l'intéressèrent. Puis elle se mit à considérer les passants ; des dames marchandant au seuil des boutiques, des hommes graves, portant sous le bras des serviettes en cuir. En elle-même, furent critiquées leurs allures, impitoyablement. Aux rampes des balcons, des jeunes gens s'étayaient, fumant. L'idée qu'ils seraient ses clients ramena la fille à l'appréhension de son nouveau métier, la fit se désoler encore, se reprocher, ainsi qu'une faute, l'instant de distraction qu'elle venait de prendre. Cependant, il lui était bien permis s'éjouir un peu ; bientôt, elle allait être prisonnière pour un long temps.

Le monsieur s'était approché : il se serrait à elle, érotique. Lucie se recula, mimant une moue froissée. Vraiment il la dégoûtait, cet homme ; il n'était même pas convenable, devant le monde ! Sévèrement, elle le toisa ; mais la mine enflammée du vieux mâle lui parut très grotesque, et elle dut se tourner au carreau, afin qu'il ne la vit pas s'égayer : pour un empire, elle n'aurait voulu l'encourager ! Bon plus tard, ce manège-là; quand elle y serait contrainte!

Devant elle un bâtiment s'élevait, aux sombres murailles de pierres anciennes, à la tour munie d'un cadran et flanquée de clochetons. Probablement, c'était l'hôtel de ville. Il en existait un pareil à Saint-Quentin. Et le bureau de police devait s'y trouver aussi. On y porterait ses papiers demain; pour que, définitivement, on la classât. Quel avilissement!

L'omnibus doubla péniblement l'angle d'une rue. Un instant, la fille passa par des alternatives de crainte et de satisfaction triomphante, selon que la voiture semblait retenue en une dépression du pavage ou qu'elle parvenait à en sortir. Quand les chevaux eurent repris le trot, elle s'était résignée à son sort : Bah! elle n'était pas la première; il y avait bien d'autres filles de maison! Et puis, la placeuse lui avait fait un grand éloge de l'établissement Donard. Pourquoi se croire autrement bâtie que les autres?

Le beau malheur, mener une joyeuse vie de noce, être caressée, boire et manger d'excellentes choses! Elle aimait beaucoup le champagne; peut-être en boirait-elle chaque soir!

Le véhicule stationnait. Le monsieur se leva, poussant la jeune fille devant lui. Il voulut l'empêcher de sourire à Lucie, et lui-même marcha sur le pied de la fille sans même dire pardon! Dans la rue une porte s'était ouverte, une dame s'était avancée; elle reçut la demoiselle dans ses bras.

Toutes deux disparurent dans le couloir de marbre. Quand on eut déchargé les malles, le monsieur, resté à la porte, lança une dernière œillade.

Lucie haussa les épaules, attristée. On allait la traiter ainsi, tous. Cette jeune fille avait une grande chance d'être riche! Elle ne subirait jamais les mépris. Au fond, elle ne valait pas mieux qu'elle, certainement, mais elle n'avait pas consumé son enfance et sa jeunesse dans les ateliers de couture, courbée en deux, tout le jour, sur les étoffes puant le neuf, torturée par les crampes d'estomac, désirant avec passion, comme le seul plaisir gratuit, les amourettes du soir; elle n'avait pas connu le rapide entraînement des amourettes aux amours sérieuses, aux collages qui vous donnent le goût des amusements et l'inhabitude du travail; puis les tromperies, les débauches, la dèche invincible et pour finir le bordel! Voilà la vie quand on n'a pas le sou!

Elle soupira. Elle ne voulut plus penser à ces choses : c'était trop révoltant. En vue, une place gisait qui lui parut immense : au seuil d'un café, des officiers bottés, le monocle à l'œil, le képi bouffant, faisaient sauter un lévrier au-dessus d'une courte canne de cheval. Des jeunes gens parlaient très haut et agitaient des cigares dans l'air.

Encore des clients ceux-là ! pensa-t-elle.

L'omnibus avait enfilé des rues désertes, était arrivé à un terrain vague où seulement, par intervalles, des bornes blanches apparaissaient, fichées en terre. Plus loin le rempart tout couvert d'herbes rousses, d'arbres dépouillés, qui résillaient de leurs branches nues un ciel grisâtre.

Lucie eut une seconde d'inquiétude : le cocher se trompait-il ? La mènerait-il à la campagne, par hasard ? Elle allait frapper à la vitre pour l'interroger, mais un brusque cahot fit sursauter la fille, et la voiture demeura immobile.

Par la portière ouverte, la face rieuse du cocher renseigna :

— Voilà la rue Pépin.

Lucie sentit son estomac se serrer, une grande lourdeur peser en sa tête :

— Comment ? Déjà ?

Cependant elle suivit le geste et regarda.

La rue descendait tortueuse, très étroite. Les maisons avaient tous leurs volets fermés en des façades sans ornements ; les réverbères en saillie au-dessus des portes paraissaient s'allonger jusqu'aux murs leur faisant face, hautes murailles noircies où pendaient tristement des lianes sans verdure. Et, du ciel, Lucie ne vit rien qu'une mince bande grise enserrée entre les toitures adverses, très rapprochées.

— L'omnibus n'aurait jamais pu entrer là-dedans, alors j'ai été forcé d'arrêter. Du reste, le 7, il est tout près. Il se voit bien, hein! le numéro?

A nouveau, l'homme eut une joie bruyante. Il avait empoigné la valise et marchait à côté de la fille. Elle avait gardé un sourire, ne voulant pas laisser deviner son chagrin qui eût semblé ridicule; il lui était même interdit de faire paraître un dégoût; et, cependant, une folle terreur l'avait prise, une envie de se sauver, de fuir.

On la poussa du coude, on la fit arrêter :

— C'est ici.

Les persiennes du rez-de-chaussée cuirassées de tôle, l'huis bronzé garni de gros clous et d'un guichet grillé, la lanterne aux vitres rouges, enmaillées d'un filet de fer, donnaient à la maison l'air morne d'une geôle; mais au-dessus de la porte, à la corniche, un écu d'azur offrait un énorme 7 tout en or, une réclame de joie, une impudente enseigne.

Le cocher ayant sonné, le guichet glissa; deux yeux luirent derrière le grillage; puis, après un « Ah bien! » de reconnaissance, un bruit de doubles tours et de verrous tirés, le lourd battant tourna sur ses gonds. Une forte fille de la campagne, les épaules carrées, la voix dure, glapit : « C'est vous la nouvelle? C'est bien ; je vais chercher Madame. »

Lucie restait atterrée d'une telle brusquerie, d'une si outrageante indifférence. Oh ! certainement, si ses jambes ne tremblaient pas ainsi, elle s'en irait bien loin, loin de cette prison où elle venait, stupide fille, s'enfermer volontairement. Comme on allait la traiter ! que de grossièretés, que de tortures peut-être !

A un bruit venu de l'intérieur elle leva la tête : le couloir du 7 lui apparut superbe. D'abord ce fut le parquet, une mosaïque de marbre noir et rose, brillante, reflétant les objets ; du milieu, une grille se dressait toute couverte d'argent ; un feuillage d'or enserrait les barreaux d'une étreinte resplendissante, et la fille émerveillée voyait ce feuillage s'appliquer partout, enlacer les torsades qui cadraient les panneaux, s'enrouler aux supports des globes à gaz, piquer de taches étincelantes les ornements du plafond. Au bout, sur un vitrage où des fleurs étaient peintes, des points d'or scintillaient aussi. Et les murs roses, et le plafond de couleur havane, et le parquet où se mirait la grille, tout semblait disparaître sous une couche rayonnante de poussière dorée.

Ce spectacle charma Lucie Thirache. Au moins elle était tombée en une maison fréquentée par des gens riches et propres : ça se voyait tout de suite. Et, au-delà du vitrage, dans les salles, ce devait être plus magnifique encore. Elle aurait bien voulu voir, mais la grille empêchait d'entrer. Son désespoir reprit la fille; elle se vit captive derrière cet infranchissable obstacle, enchaînée pour le plaisir des autres.

Le vitrage fut poussé. Une femme parut, toute vêtue de soie noire, l'air très digne, les doigts pleins de bagues. Un aspect intimidant de dame « bien » :—

— Bonjour, mon enfant, soyez la bienvenue; entrez donc!

La fille murmura une salutation. Troublée, elle fouillait dans les plis de sa jupe et cherchait son porte-monnaie; mais la patronne l'arrêta :

— Laissez, laissez, ma chère; maintenant que vous êtes de la maison, tous ces petits détails me regardent.

A tant d'affabilité, Lucie Thirache ne répondit pas. Elle prit un air revêche : ce n'était pas avec de l'hypocrisie qu'on l'enjôlerait.

Derrière Madame, elle monta, avec d'impatientantes glissades sur le rebord des marches garnies de cuivre. En haut de l'escalier, s'affilait un couloir sombre des teintes d'acajou colorant les boiseries. Lucie dut marcher à tâtons, jusqu'au moment où Madame, ayant ouvert une porte, un flot de rayons lumineux s'échappa.

La chambre était très claire, avec des rideaux jaunes, une tapisserie presque blanche.

— C'est ici que vous demeurerez. Est-ce que cette pièce vous va ?

— Mais oui, Madame, bouda Lucie, certaine que si tout cela lui eût déplu, on n'y eût rien changé.

— Celle qui était ici, avant vous, c'était une Boulonnaise, elle nous a quittés, dans un coup de tête, et vit maintenant avec un commis-voyageur qui la bat. Tenez, voici ce qu'elle a laissé.

La patronne s'avança vers la cheminée et montra une poupée en costume de matelote, empalée sous les jupons par un pied de bois. Comme Lucie se taisait, sans un apitoiement pour les calamités d'autrui, Madame continua :

— Si ça ne vous fait rien, on vous appellera Nina, comme la Boulonnaise, parce qu'il y en a déjà une qui s'appelle Lucie ; alors vous comprenez...

— Oui, oui, madame.

Sans doute, la Donard avait l'habitude d'essuyer de pareilles humeurs, car elle reprit, avec une assurance qui agaça :

— Ma chère Nina, je crois que vous serez contente de la maison ; Marianne ne reçoit que des gens très convenables... A propos, a-t-elle monté votre valise? Ah oui, la voici... Avec votre jolie tournure, vous ne serez pas longtemps sans

masser une petite fortune. Alors, il vous sera
facile de devenir propriétaire des effets qu'a
laissés l'autre, et que je vous céderai pour un
prix convenable. Nous prendrons cela peu à peu,
sur vos gains.

Ceci dit, Madame, avec un empressement
satisfait, ouvrit l'armoire à glace, exposa sur le
lit tout un chatoiement d'étoffes voyantes et
joyeuses, dont elle énuméra les qualités.

— Maintenant je vous quitte, vous allez choisir
parmi ces costumes et, quand le timbre sonnera,
vous descendrez. Marianne vous conduira. Au
revoir Nina.

— Au revoir, Madame.

Cette mielleuse prolixité laissa Lucie Thirache
froide, chagrinée, honteuse d'elle-même. On lui
imposait un nom, une livrée ; on l'accomoderait,
on la ficellerait au goût des pratiques, comme
une chose sans volonté. Désormais son devoir
était plaire, plaire à tous, sans répit.

Elle voulut s'assurer si elle parviendrait sans
trop d'efforts à s'acquitter de cette tâche. L'armoire à glace était placée entre les deux fenêtres, la fille s'y étudia longuement.

Des cheveux châtains, frisés très bas sur le
front, ramenés en touffes épaisses devant les
oreilles, où pendent de grands anneaux d'argent ;
un ce cadre, une figure aux joues pleines toutes
blanchies de veloutine, des lèvres courtes et

charnues vernissées de rouge vif laissant voir la
blancheur mate des dents larges et hautes, des
yeux couleur de bronze s'enfonçant en des orbites
bistrées ; les paupières brunies avec art, sont
piquées de cils longs et espacés, et, entre elles,
le nez droit, mince, aux narines mouvantes. Son
corps moulé en un costume bleu offrit à Lucie
l'ample saillie de la poitrine, très haute, puis
une taille svelte assise sur des hanches peu déve-
loppées et ces hanches s'amincissaient en deux
longues jambes, montées sur des pieds petits et
cambrés.

Sans flatterie, elle était charmante et pouvait
se l'avouer. Dire qu'il allait falloir vendre tout
cela ! Au moins, ils en auraient pour leur argent,
les hommes ! Et c'était là, au milieu de ces meubles, qu'elle détaillerait son amour à tout
venant.

La chambre avait un aspect bourgeois avec sa
tapisserie grise à desseins bleuâtres, sa cheminée
de marbre veiné. Sous globes, une pendule dorée
à cadran de faïence, des flambeaux. Entre la
cheminée et la fenêtre, la toilette ouverte montrait son miroir placé trop bas, une large cuvette
pleine d'eau où baignait un pot de forme élancée.
Le divan, les chaises étaient dépareillés, avaient
des blancheurs d'usure aux coins des étoffes ten-
dues depuis longtemps. Partout s'étalaient les
mailles d'un ouvrage au crochet ; elles envahis-

aient les sièges, s'attachaient au tapis de la table
t chargeaient l'abat-jour de la lampe. Cela don-
ait à la pièce un cachet purement féminin
que Lucie ne se rappelait avoir vu nulle part
illeurs. Et, en un moment, tous les garnis visi-
és par elle, défilèrent en sa mémoire, parés de
eurs mobiliers banaux, de leurs secrétaires ser-
ant à enfermer des litres de liqueur ; garnis
'officiers, aux corniches d'alcôves décorées de
abres en croix ; garnis d'employés, aux guéri-
ons couverts de paperasses calligraphiées ; gar-
is de filles, aux commodes supportant des sta-
uettes de plâtre rose ; et, parmi ces derniers,
elui de Marthe, une ancienne amie, la hanta
urtout. Y avait-elle passé des après-midi, autour
le la table ronde, devant les verres pleins de
café ! Il se narrait des tromperies, de bons tours
oués aux amants. Là, elle avait appris les pré-
endues farces de Léon, son premier amour. De
tupides cancans, des calomnies sans doute ! Les
utres femmes enviaient leur bonheur, et, pour le
létruire, elles n'avaient négligé aucun moyen.
Elle, idiote, sans comprendre ce manège, avait
uivi leurs conseils, succombé bêtement avec
'intime de Léon, un soir que cet homme lui con-
ait des histoires érotiques.

Un de ces récits, dont elle avait gardé la sou-
venance, la ramena à penser aux pratiques de la
volupté. Elle regarda le lit. Que de vilaines

besognes elle allait être contrainte à accomplir !
Il était en noyer, luisant de vernis, haussé par
l'entassement des édredons et des couvertures,
presque caché sous d'amples rideaux jaunes,
frangés de rouge. Rien n'évoquait l'idée de
raffinements bizarres. De même, ailleurs, nul
objet, nulle gravure obscènes. Tout cela semblait attendre, dans la discrète clarté se filtrant
à travers les persiennes closes, une jeune fille
très pure, prête à faire sa prière du soir, avant
le sommeil.

Au mur, des lithographies étaient appendues.
Lucie les voulut voir de plus près, résolue à
connaître toutes les infamies. Ce fut une heureuse déception : l'une représentait un ber-
ger et une bergère causant sous un arbre ;
en l'autre étaient dessinés des costumes de
ballet.

Longtemps elle contempla les jambes arron-
dies des ballerines, leurs sourires gracieux, leurs
yeux en coulisses. La vue de ce tableau lui rappela les bals champêtres où elle s'amusait tant
autrefois, les jours de chômage. Elle revit la cour
d'auberge, plantée d'arbres mal venus, ceinte de
gloriettes où, toutes en sueur, les fillettes buvaient
des sirops entre les quadrilles. Elle eut une remi-
niscence des airs de valse, un souvenir de ses premières amourettes, une vision de ses danseurs
préférés qui l'embrassaient dans l'oreille pendant

s polkas. Et elle fredonna, tout en cherchant
se représenter les figures de ses valseurs. Puis
lle s'exaspéra; le souvenir d'un couplet des
loches de Corneville était perdu. Elle sursurra
ongtemps, espérant se rappeler par l'enchaîne-
ent du récitatif, les paroles oubliées. Elle n'y
ut parvenir; et, soudain, d'autres airs lui vin-
ent en la mémoire, une polka de Farbach jouée
orsqu'elle dansa, pour la première fois, avec
éon. L'image de Léon s'empara de sa pensée.
lle le revit beau, jeune, aimable. Il lui sembla
ntendre encore sa voix douce, exempte de l'hor-
ible accent du pays. Les paroles de l'éphèbe
vaient chanté à ses oreilles avec des inflexions
tendres qu'elle ne s'expliquait plus, à présent,
a résistance trop prolongée. Enfin elle l'avait
imé et, avec lui, avait éprouvé le suprême plai-
ir de se sentir caressée, embrassée, serrée éper-
ûment. Quelles ivresses alors! Lucie Thirache
perdit en des rêveries enchantées, revécut sa
ie d'amour. Ses lèvres s'étaient entr'ouvertes.
ssise sur le divan, la tête renversée au dossier,
lle regardait le plafond, les yeux noyés, dans une
xtase.

Mais quand elle eut épuisé la série des souve-
irs joyeux, une tristesse la reprit. A sa faute, à
rupture avec son amant, à la vie de noce dont
lle avait ardée, pour s'étourdir, elle songea,
vec des désespoirs.

Et ses yeux s'étant rencontrés à la lithographie du ballet, elle revit encore le bal, mais un autre celui-là; ignoble, presque lugubre. Elle y allait, lorsque son père ayant appris son inconduite, l'eut chassée de chez lui. Abandonnée de ceux qui l'avaient perdue et rendue inhabile au travail par un éreintement morbide, elle recherchait pour s'entretenir les amours de hasard. En un bastringue, dont les murs badigeonnés gardaient la trace brune des doigts sales, parmi les filles en cheveux, aux mains rouges, les sous-officiers à la dégaîne de souteneurs, elle tournoyait, collée à de jeunes riches en goguette, pour obtenir le paiement de sa chambre, de son manger et de ses toilettes.

Cette existence était vraiment trop pénible et non moins déshonorante que celle du lupanar. Au moins, elle gagnait un abri et son pain assuré.

Du pain pour sa chair! Elle allait se vendre à qui voudrait d'elle, sans distinction. Désormais ce sera à des amours d'une minute, à des aspirations bestiales qu'elle devra satisfaire. Il faudra singer les caresses tendres prodiguées autrefois à l'homme aimé, ressusciter par le mensonge une passion éteinte.

Lucie Thirache se complaisait à imaginer toutes les vilenies qu'elle allait endurer. Elle s'injuriait elle-même, et des larmes brûlantes coulèrent sur ses joues, s'arrêtant aux rondeurs du visage jusqu'à ce qu'elles fussent assez lourdes pour aller mouiller les mains croisées dans les jupes.

Elle restait assise sur le divan, les yeux ronds, fixés obstinément sur la poupée boulonnaise, lorsque le timbre sonna et la voix forte de Marianne appela : « Toutes ces dames au salon ! »

II

L'entrée de Lucie au grand salon provoqua un tumulte. Elle se vit entourée, pressée, enlacée. Des faces barbues la frôlèrent, des baisers claquèrent sur ses épaules nues; des mains saillissaient vers elle de l'évasement des manchettes blanches. Elle, interdite, n'osait avancer. Une terreur dégoûtée l'avait prise au contact de ces mâles en rut et, des bras, elle écartait les embrassades, répétant :

— Allons, laissez-moi, voyons, vous allez me chiffonner.

On s'écarta.

— Oh! Fais voir cette belle robe?

— Mince de chic! Mais est-elle méchante!

— C'est bien madame, on vous laisse!

— Encore une, sur le ventre de qui il en passera !

Elle, haussa les épaules, affichant un grand mépris pour ces observations ! et alla s'asseoir en un fauteuil, murmurant : « En v'là des imbéciles ! »

Elle rajustait et flattait les plis de son jupon jaune, les volants de dentelle noire. Aux agaceries d'un jeune homme, assis près d'elle, elle ne daigna d'abord répondre. Mais, ayant trouvé insupportables ses questions sans cesse renouvelées, elle le renseigna rageusement :

— Je m'appelle Nina, là. Etes-vous content maintenant ?

— Comme tu es méchante !

Satisfaite d'épancher sa fureur et ses dégoûts, elle s'emporta :

— C'est vrai ça, aussi, si c'est pas bête de se lancer comme ça sur une femme pour lui éreinter toutes ses affaires !

— Allons, tu es folle de te fâcher comme ça ; c'est parce qu'on te trouve gentille, autrement on ne t'aurait rien dit ; il faut bien s'amuser !

— Oh ! oui. Ça ne prend pas.

— Mais je t'assure, tu es charmante, en Espagnole, avec une belle poitrine, dans un beau corsage rouge et des beaux bras bien blancs. Allons, laisse ta robe tranquille, il n'y a rien du tout.

— Avec ça, regardez donc dans le bas, c'est tout décousu.

— Attends, je vais te l'arranger; j'ai toujours eu des dispositions pour être couturière.

Il s'agenouilla et se mit à lisser les dentelles en exagérant une mimique burlesque. Éjouie malgré elle de cette plaisanterie, Lucie frappa l'homme sur le crâne à coups d'éventail.

Une grande sympathie venait à la fille pour celui qui l'adulait. Il n'était pas mal du tout : un grand garçon bien bâti, avec des cheveux blonds coupés ras sur une peau blanche, des yeux bleus, une barbe frisée, jugée très fine quand il l'avait embrassée.

Elle eut un mouvement de dépit lorsqu'il s'en fut demander à une autre femme, « sa chère Laurence, » de chanter au piano.

On fit cercle autour de l'instrument, et Lucie abandonnée, fut envahie d'une navrance découragée. Ses prévisions ne l'avaient pas trompée; ils étaient bien répugnants ces hommes avec leurs sales désirs, qu'ils ne cachaient pas; jamais elle ne pourrait coucher avec eux. Un seul avait semblé avoir pour elle une délicate compassion; et il la laissait là, sans un égard. Certes, elle ne resterait pas dans cette maison; à la première occasion elle s'échapperait... Tout à l'heure, en descendant, elle était fermement résolue; mais la grille, devant laquelle veillait

Marianne, entravait toute tentative de fuite. Il
était fort beau tout de même ce couloir, avec sa
grille argentée, ses panneaux lisses et la lumière
étrange qui tombait de ses globes rouges. Le
salon n'avait pas l'air aussi riche.

Elle suivait des yeux sur les meubles, sur le
tapis du guéridon, sur les rideaux, les côtes d'un
reps vert à rayures brunes. Au mur était adaptée
une tapisserie verdâtre, presque cachée sous
d'immenses glaces, encadrées d'or. Et Lucie
aperçut, reflétés, la cheminée de marbre noir,
la pendule, les deux bergers de bronze soutenant
les candélabres, et tout à fait au coin du cadre, la
troupe des hommes embleuis de fumée, entourant
la robe claire de Laurence.

— Hein ? ce n'est pas amusant cette musique ?

Une petite femme, au corps grêle enfoui en
une chemise de soie, la figure chiffonnée, cou-
ronnée de cheveux jaunes, s'assit et répéta sa
question.

— Je ne sais pas, je n'ai pas encore écouté.

— Voyez-vous, c'est Laurence qui chante.
Alors elle chante toujours un tas de bêtises, des
choses ennuyeuses comme tout, vous comprenez,
parce que moi j'aime les choses rigolotes. Et
vous ?

— Ça m'est égal.

— Ah !... Quand êtes-vous arrivée ? Ce s   ,
hein ? Alors vous n'avez pas encore mangé ici ?

Alors vous serez bien contente; vous verrez comme la nourriture est bonne, et puis on en a tant qu'on veut.

— Vraiment ?

— Oh! des masses de plats. C'est pas une mauvaise maison, ici, vous savez. Madame elle est une bonne femme et puis Monsieur aussi, et puis les types qui viennent ce sont de bons garçons fin drôles. Seulement, tout à l'heure, Madame elle va arriver, parce qu'ils font flanelle, et puis ils s'amusent pour rien; alors c'est embêtant. C'est pas chic, n'est-ce pas ?

Lucie restait étourdie sous ce flot de paroles. Etait-elle bête cette fille? Mais aussi bien aimable d'être venue la trouver, en la voyant seule. Elle-même allait être gracieuse, car il fallait se faire une amie. Qui sait si les autres femmes n'étaient pas mauvaises? Et elle s'ingénia à entretenir la conversation. Reine, en retour, déversa d'interminables renseignements sur les habitudes de la maison, finit par faire l'éloge de Lucie qu'elle avait trouvée charmante :

— Voyez-vous, ça me faisait de la peine de vous voir comme ça toute seule. Alors je suis venue. Comme vous êtes gentille ! Tiens! vous avez des pieds encore plus petits que ceux de Germaine.

— Qui ça Germaine?

— Celle-là qui fume, qui est appuyée sur le

piano. C'est une Anglaise, alors elle parle drôle, c'est épatant! Alors c'est pas facile de la comprendre. Et puis, figure toi, elle s'appelait Lucie, et puis on lui disait toujours : Lucie quelle scie ! Alors elle a changé de nom, et puis elle se met en rage quand on ne l'appelle pas Germaine.

— Et l'autre qui embrasse le petit, là-bas ?

— Ça c'est Emilia, une calotine. Elle dit des prières, tout le temps. Alors je sais pas ce qu'elle est venu faire ici. Elle aurait mieux fait de rester au couvent, bien sûr. C'est épatant hein? Figure toi qu'elle ne veut jamais mettre de robes courtes, ni de maillots; elle a toujours des robes longues; c'est une manie, vous pensez, tout comme Laurence.

— Celle qui chante? Elle a l'air chic !

— Une femme mariée. Oui — qui a fait la queue à son mari ; alors il l'a fait mettre en prison et puis après, elle est venue ici... Laurence, chante un peu. *la Mascotte!* Vous allez voir commeelle chante bien. Laurence, Laurence! Bon, voilà qu'ils l'embrassent tous, elle n'entend pas.

Lucie Thirache, attentive aux indications, détaillait curieusement les costumes, les manières des autres filles. Emilia paraissait une sotte, l'esprit toujours ailleurs. Germaine semblait souffrir de ne pouvoir achever ses phrases, que par un geste d'impatience. D'aucune, Lucie ne voyait les traits cachés sous le fard. S'étant

mirée, elle se trouva beaucoup mieux que ces
femmes, plus fraîche et plus appétissante. Si les
hommes la négligeaient ainsi, c'est qu'elle ne
leur faisait pas d'avances. Cependant, elle eut
comme une secrète envie d'affirmer sa valeur,
de se montrer évidemment supérieure à toutes,
à cette Laurence surtout, dont l'opulence des
formes, la poitrine mouvante, attiraient les
caresses. Elle la voyait s'efforcer à séduire
Eugène. Sans doute ce garçon était riche, puisqu'on montrait tant d'empressement à lui plaire.
Peut-être celle qui saurait le captiver parvien-
drait-elle à obtenir sa sortie du lupanar, à devenir sa maîtresse...

Quel bonheur, si elle pouvait s'en faire aimer !
Elle serait libre, luxueusement entretenue. Et
elle résolut accaparer pour elle seule, les atten-
tions du mâle, charmée par l'espoir d'une vie
indépendante et large.

Comme le jeune homme s'approchait, elle l'appela :

— Eh bien! c'est comme cela que vous me
lâchez? Ce n'est pas gentil vraiment.

— Oh! ma pauvre Nina, me voilà, que veux-
tu? m'aimer?

En ce moment, Madame entra. Elle paraissait
vexée. Un silence se fit, elle ordonna :

— Mesdames, on vous demande, passez dans le
salon bleu.

— Ah! le voilà, le coup du champagne, hein, Madame Donard? s'écria Eugène. Eh bien, faites le apporter ce Sillery des familles. Combien faut-il prendre de bouteilles, pour que ces dames restent : Une? deux? trois?... Dites combien ?

— Ce n'est pas tout ça, on demande ces dames. Je vais vous en laisser une pour vous tenir compagnie. C'est tout ce que je peux faire.

— Comment vous nous laissez une femme, une seule femme pour six hommes! Mais c'est indécent, ça, Madame Donard. D'abord je vous assure que nous monterons. Faites apporter le champagne. Trois bouteilles!

— Ecoutez, je veux bien vous laisser ces dames, mais je vais en emmener deux pour une société que j'ai par là. Emilia et Germaine, venez.

— Dites donc, vous nous les ramènerez quand ces types-là seront partis?

— Oui.

— Allons, vous êtes un ange. La vie, sans la femme, voyez-vous, c'est comme le désert sans le chameau.

Des vociférations ponctuèrent cette phrase! Les dames se récrièrent. Madame sortit avec les deux pensionnaires. Lucie attira Eugène vers elle.

— Alors, je suis un chameau? Tu es poli, toi !

— Mais non, tu ne comprends pas ! Et il se lança dans une explication du Sahara et de ses caravanes. Lucie s'y intéressa peu. Elle se distrayait en regardant Laurence qui, de temps à autre, la fixait d'un œil mécontent. Cette femme était couchée entre les bras d'un officier ; un tout jeune homme lui grattait la plante des pieds, en faisant craquer ses ongles sur la soie des bas mauves. Reine contait gravement et excitait par son langage des spasmes d'hilarité. Deux lieutenants d'artillerie, qui l'écoutaient, rajustaient leurs monocles, après chaque quinte de rire, et la fille, par instants, se fâchait :

— Non, si vous se moquez de moi, comme ça, je ne dis plus rien.

Mais bientôt elle reprenait ses récits et son air grave.

— Je savais bien que tu n'aurais pas voulu dire que j'étais un chameau, conclut Lucie, en embrassant Eugène, lorsqu'il eut terminé son explication. Non, vois-tu, il ne faut pas que tu m'insultes : des autres, ça me serait égal ; mais de toi, ça me ferait trop de peine.

—Pas possible? répondit Eugène ironiquement.

— Oui, je t'assure : quand je t'ai vu, ça m'a fait un effet. Oh ! je sais bien, tu ne me croiras pas... n'est-ce pas? une femme de maison, ça ne peut pas aimer !

— Mais si, celles-là comme les autres, mais pas si rapidement que ça. Avoue que tu veux me la faire, voyons.

— Oui, moque-toi de moi, va ! C'est la première maison que je fais ; c'est le premier soir
que j'y passe.

Et elle commença une histoire, enfilant les
détails sans hésitation. Elle la composa si émou-
vante qu'elle s'en attendrit elle-même. Elle était
la victime d'un lâche qui l'avait mise enceinte et
l'avait plantée-là. Fille de bonne famille, elle ne
savait aucun métier, et avait été forcée à se
prostituer pour vivre. Lucie voyait l'homme
devenir peu à peu moins incrédule ; son émotion
le gagnait. Elle attendait les réponses, baissant
la tête d'un air navré lorsqu'elles semblaient
confirmer son dire, s'impatientant, accumulant
les anecdotes, produisant des conversations
qu'elle jurait avoir tenues, si un fait paraissait
mis en doute.

Eugène se leva pour payer le champagne
apporté par Marianne. Il y eut entre les jeunes
gens une lutte de générosité. Il fut vainqueur, et
Lucie put voir l'or briller au fond de sa bourse.
Maintenant, elle était sûre de cette richesse.
Et, persuadée d'avoir produit une grande impression, elle était très heureuse, se voyait déjà
chez elle, époussetant des meubles en palissandre
ou trônant dans une loge, au théâtre. Ce serait
encore fort agréable d'être la maîtresse d'un
garçon à barbe aussi douce.

Un grand tapage s'élevait : on voulait embrasser la gouvernante. Ce spectacle amusa Lucie ; cependant, malgré l'envie qu'elle en avait, elle se garda de rire et conserva sa mine lugubre.

Eugène était revenu se mettre auprès d'elle. Elle renversa la nuque sur son épaule, lui enlaça le cou de ses bras, et, avec une voix alanguissante, s'enchantant elle-même de l'harmonie de ses paroles, elle murmurait :

— Oui, toi, je t'ai aimé tout de suite, comme ça. Tu n'as pas l'air voyou comme les autres, ni poseur comme les officiers. C'est laid d'être poseur. Regarde comme ils ont l'air bête, avec leurs carreaux dans l'œil ; et puis tu n'es pas non plus débraillé comme celui-là, avec des cheveux gras qui trainent sur le col. Tu as une belle peau, blanche comme celle d'une femme, bien douce à baiser, et des mains soignées avec de beaux ongles. Vois-tu, je ne pourrais pas aller avec les autres ; j'ai toujours connu des gens distingués et ça me ferait trop souffrir d'en connaître d'autres, à présent.

Il se laissait faire, lui collait de longs baisers dans le cou, sur les seins. Elle simulait un frissonnement irrésistible, et lui, répétait :

— Est-elle fine, cette petite Nina ! Est-elle fine !

Soudain une exclamation le fit retourner.

— Ah ça, mais elle l'accapare, elle l'accapare ;

elle en abuse de l'accaparement cette femme!
Il n'en boit seulement pas.

— Mais si, mais si, répondit Eugène, nous
voilà. N'est-ce pas, Nina, que tu veux boire?

Elle répondit très bas :

— Oui, vois-tu, il faut nous énerver; la nuit
sera meilleure.

Un officier fit sauter le bouchon d'une bou-
teille. Les femmes crièrent; à grands flots la
mousse blanche s'épancha dans les flûtes. On
trinqua. Puis il y eut un silence à peine inter-
rompu par le tintement des verres qu'on rem-
plissait à nouveau. Les officiers causaient entre
eux, sans s'occuper des femmes; un étudiant lis-
sait d'une main ses longs cheveux, promenait
l'autre, dans une caresse lascive, sur ses voisines
Germaine et Emilia qui étaient revenues au
salon.

Le petit jeune homme grattait maintenant les
pieds de Reine.

Lucie Thirache, ensevelie en un délicieux
repos, restait muette; à entendre seulement le
bruissement des éventails, le son mat d'une flûte
reposée sur le plateau, elle éprouvait un calme
plaisir. Elle avait allumé une cigarette, en souf-
flait la fumée dans la bouche d'Eugène qui murmurait d'amoureuses paroles. Elle se trouvait
très bien ainsi, perdue dans une molle rêverie,
avec un avenir heureux en perspective, joyeuse

de se sentir étreinte par un homme qui la désirait, de boire à petits coups, continuellement, un
vin pétillant, de lancer au plafond de minces
spirales bleuâtres.

Elle s'enivra.

Peu à peu les objets semblèrent vaciller, leurs
contours devinrent indécis, étincelèrent d'un
scintillement continu. Puis ce fut la danse, dans
la cour couverte, à la lueur rubéfiante des gaz
enfermés en des globes rouges. Elle se sentait
très légère, moulant son corps sur celui d'Eugène. Et le tourbillon s'accélérait, elle n'entendait plus la musique que par lambeaux.

Des figures rouges, toutes rouges tournaient
autour d'elle, devant les fenêtres du salon
qui lui parut d'une blancheur éclatante, extraordinaire, phénoménale. Elle chercha à comprendre pourquoi tout était rouge d'un côté et
blanc de l'autre, n'y réussit pas et ferma les
yeux. Elle tournait toujours. Elle eut la vision
d'une sarabande gigantesque : l'omnibus dans
lequel elle était venue, les rues, les hommes, les
robes polychrômes, l'armoire à glace, tout cela
tournait avec elle, se renversait et se redressait.
Tout à coup l'hôtel de ville s'avança comme pour
l'écraser, puis il s'éloigna, se rapetissa; un
instant elle le vit gros comme un dé, se
détachant très loin sur un fond uniformément
rouge. Ensuite il lui sembla qu'elle l'avait avalé,

qu'il grandissait en elle, s'élargissait, lui rompait la poitrine, allait l'étouffer. Elle eut un haut le cœur, elle ouvrit les yeux.

Elle était dans le salon, affalée à un divan. Une buée lumineuse l'entourait, la séparait des autres personnes. Derrière cette buée, Laurence tremblotante versait du champagne, goutte à goutte en la bouche d'un officier couché à terre. S'examinant elle-même, Lucie voyait frétiller sa robe jaune, ses dentelles noires, ses bas violets, ses pieds appuyés au plancher; sans cesse, ce plancher se dressait ou se dérobait, puis s'applanissait pour se dresser encore. Et, dans une vague idée qu'il lui arriverait un grand bien si elle embrassait l'homme vautré à côté d'elle, la fille le baisait partout, le pressait, sans détacher les lèvres de sa chair.

Une à une, les femmes disparurent; elle-même se leva à une question qu'on lui fit. Le plancher se mut sous ses jambes; elle dut s'accouder à la porte pour reprendre un aplomb. Elle vit Eugène donnant de l'argent à Marianne, remarqua encore que c'était très commode, qu'elle n'aurait à s'inquiéter de rien. Enfin, entamant le refrain des *Cloches*, perdu l'après-midi, et qu'elle venait de retrouver, elle le chanta de toutes ses forces en montant l'escalier.

Elle était prise d'une joie folle, avec une envie très grande de briser les globes à gaz.

Le lendemain, en s'éveillant, Lucie Thirache trouva vingt francs sur la table de nuit. Elle calcula : elle avait gagné trente francs la journée précédente et elle s'était joliment amusée. Quelle cuite !

Toutes réflexions faites, ne pas avoir prié Eugène pour devenir sa maîtresse, était un oubli peu regrettable ; cela aurait peut-être semblé ridicule.

III

Très facilement, Lucie Thirache prit les habitudes de ses compagnes et s'arrangea de leur manière de vivre.

A son réveil, longtemps après le départ de l'amant de passage, elle sautait à bas de son lit pour aller entr'ouvrir la fenêtre et, tout de suite, revenait se blottir dans les draps, humant l'air qui filtrait à travers les persiennes closes. De la chambre assainie disparaissaient les émanations puantes de tabac fumé, de champagne renversé. Un grand soulagement venait à la fille : sa tête s'allégeait; sur son front rafraîchi les cheveux flottaient, lui donnant l'impression d'une douce caresse. Bientôt elle se sentait complètement éveillée, très bien portante. Elle se levait, et c'étaient d'interminables ablutions à l'eau parfumée, une contemplation attentive de son corps nu devant les glaces. Elle se peignait soigneusement, puis, sa toilette terminée, s'occupait à ranger la chambre. Les meubles étaient remis en leurs places; elle ramassait les épingles à cheveux, les boutons de culotte, les paquets de cigarettes vides et finissait par appeler Marianne pour lui rendre les flûtes à rincer.

Lucie faisait tout ce ménage avec joie, heureuse de ne pas sentir dans ses jupes les mains luxurieuses des hommes, de ne pas avoir de leur souffle dans les cheveux. Des habitudes de sa jeunesse laborieuse, elle avait conservé cet amour de l'ordre. Et, sans trop savoir pourquoi, fatiguée des buveries tapageuses, elle aimait se trouver seule un moment, libre d'agir à sa guise, sans être en spectacle à personne. Elle prolongeait longtemps cette occupation. Ensuite son cahier de linge l'absorbait en d'impatients calculs: très fière de ses économies, elle comptait que, cette semaine encore, elle pourrait augmenter son trousseau de deux taies d'oreillers ou d'une chemise à broderies.

Avec une secrète appréhension de reprendre la tâche quotidienne, elle se décidait à descendre pour le repas du matin. Mais chaque fois l'aspect de la table blanche l'animait d'une gaîté curieuse; des porcelaines y luisaient parmi l'ar-

genterie cliquetante, des babillages bruyaient
autour, sans interruption. Assise entre ses compagnes préférées, elle leur demandait des détails
sur les événements de la nuit précédente, sur
l'argent acquis la veille. Maintenant la question
financière la préoccupait surtout. Elle en causait
sans cesse, enviant beaucoup les plus riches. Car
il semblait toujours à Lucie que cette situation
n'était pas, pour elle, un état définitif. Il lui tardait pouvoir acquitter ses dettes, aller avec quelques économies tenter la chance d'un amour
unique et rémunérateur. L'amour au lupanar lui
paraissait seulement un moyen d'accroître son
pécule ; comme elle n'éprouvait aucun plaisir à
satisfaire les hommes, elle ne croyait pas se
débaucher. Elle se comparait aux fillettes qui
câlinent des parents très laids et très vieux pour
en obtenir quelque cadeau : cela s'admettait ;
pourquoi serait-elle plus coupable que ces enfants?
Enchantée par cette excuse, elle s'ingéniait à
parfaire sa gentillesse, désireuse d'augmenter le
nombre de ses clients.

Après le déjeuner, ces dames, restées longtemps
à bavarder devant la table desservie, finissaient
par se lever en s'étirant et, traînant après elles
leurs longs peignoirs clairs, elles allaient s'ins-
taller dans le petit salon. C'était une salle basse,
tapissée de sombre. Le jour, venant d'un lanter-
neau, donnait une clarté triste, barrée le plus

souvent des stries argentées de la grosse pluie ou
mouchetée des tourbillons grisâtres de la neige à
demi-fondue. Chacune apprêtait un ouvrage de
crochet ; elle-même tirait de sa corbeille un tricot
commencé et, tandis que les autres allumaient
des cigarettes, Lucie Thirache, adossée au mur,
travaillait activement. Les filles la regardaient
faire en buvotant des absinthes, en se répétant :
« Hein ! va-t-elle vite ! » avec une admiration sin-
cère pour son agilité et son adresse.

D'abord Lucie avait tricoté pour elle, par éco-
nomie, afin d'éviter l'achat de bas et de camisoles
que la Donard vendait très cher. Mais, ses compagnes l'ayant priée de leur confectionner des
hardes semblables, elle y consentit, dans une
peur, si elle refusait, de fâcher, de se faire une
ennemie. Madame réclama ; elle fit pour elle ce
qu'elle avait fait pour les autres ; même, elle
avait commencé un gilet pour Monsieur. En
paiement, on lui prodiguait des éloges et des
caresses. Elle était très flattée de ces prévenances.
Pour contenter un besoin naturel d'être choyée,
elle s'appliqua à conserver ces bonnes grâces en
rendant mille services.

Elle tricotait toute l'après-midi, à demi-cou-
chée sur le divan, ayant grand soin de retirer
ses pieds de dessus l'étoffe quand elle entendait
Madame trottiner dans le couloir ; la patronne
ne tolérait pas ces poses « qui, disait-elle, bles-

saient la bienséance et le reps des meubles. » Ce travail facile et machinal ne lassait pas Lucie. Il ne l'empêchait ni de causer, ni d'écouter les histoires contées. Elle s'intéressait à Emilia, déclarant que ce salon froid et peu éclairé lui rappelait le couvent où elle avait été instruite par charité et, certainement, si son oncle ne l'avait violée un jour de soûlerie, elle serait restée très austère et très pieuse.

Ce récit révoltait Lucie Thirache; cet oncle lui apparaissait bien dégoûtant, et elle s'écriait avec une colère :

— Sont-ils cochons tout de même, ces hommes !

— Ça c'est rudement vrai, affirmait Laurence.

Il se narrait encore d'autres histoires. Mais l'accent anglais de Germaine ravissait surtout Nina. Elle s'amusait énormément à écouter sa camarade décrivant la misère de sa famille, les manies de son père, un clergyman qui avait eu quatorze filles. Puis, soudain, une tristesse envahissait Lucie : elle songeait que ses parents à elle n'étaient ni misérables, ni méchants et, dans une sévère accusation de soi, elle se jugeait une mauvaise enfant. Le souvenir lui venait de son père, de sa rage indignée quand il la chassa, lui reprochant l'avoir déshonoré. Un gros chagrin la prenait; elle restait abîmée en des pensées terribles, se considérant comme un être abominable, digne de toutes les infortunes. Cependant,

une question de Laurence venait interrompre
ses réflexions :

— As-tu fini le bouquin que je t'ai prêté ?

— Oui, je l'ai lu avec Emilia; c'était joliment
beau.

Elle résumait l'ouvrage avec des admirations.
Les fins indécises des chapitres l'avaient surtout
émotionnée. Il fallait être pas bête du tout pour
faire des livres comme ça !

— Oui, mais seulement, expliquait Emilia, il y
a quelque chose d'idiot : c'est un curé qui veut
coucher avec Djemma, tu sais la jeune fille qui
épouse Ribéric, à la fin, quand sa blessure a
guéri.

— Pourquoi est-ce idiot? demanda Laurence.

— Tiens, parce que c'est pas vrai : les curés
ne sont pas comme ça du tout; j'ai vécu assez
avec peut-être, je le sais bien, ils ne voudraient
pas faire de peine à Dieu.

— Bon, la v'là repartie avec son bon Dieu,
cette calotine-là! clamait Reine agacée.

— Ah ! tu sais, toi, Reine, dis pas de mal du
bon Dieu, ça porte malheur.

— Et puis, si on ne croyait pas aller au ciel
plus tard, avec ça que se serait drôle la vie !

— Ah bien! si tu crois y aller avec la vie que
tu mènes, toi ?

— Et bien! quoi ? Pourquoi pas? Quand on fait
pas la noce pour son plaisir, on est toujours par-

donnée, bien sûr, seulement, dame! il faut toujours penser à Dieu et puis faire bien ses prières;
voilà tout.

— Avec ça que tu n'y prends pas du plaisir à
rigoler.

— Moi? Jamais de la vie!

. — Pourquoi que tu fais la noce alors?

— Tiens, si ta mère t'avait foutue à la porte,
sans un sou et enceinte encore, qu'est-ce que
t'aurais fait, toi? Quand j'ai été accouchée, il a
bien fallu que je vive, et puis que j'avais pas
d'état. Mais c'est égal, si je serais au pair, je file-
rais un rude coup... et puis les hommes pourraient encore venir me courir après, c'est moi
qui les rembarrerais. En attendant je fais ma
prière tous les soirs à Sainte-Madeleine, une
prière qu'on m'a apprise, même qu'elle n'est pas
longue du tout; avec ça on est sauvée et puis, si
je me confesse avant de mourir, je serai par-
donnée.

Avec un grand respect, les femmes écoutaient
les explications prolixes d'Emilia. Reine se reti-
rait en un coin haussant les épaules. La dévote
expliquait la religion et racontait des miracles
qui émerveillaient Lucie Thirache. Elle pensait
qu'un être comme Jésus, capable de ressuciter
les morts, devait être un Dieu, certainement.
Elle demanda à sa compagne de lui enseigner sa
prière à Madeleine ; si ça ne pouvait pas faire de

bien, ça ne ferait toujours pas de mal. Reine,
agacée à la fin, demanda :

— Est-ce qu'il ressuscite aussi les pucelages,
dis, Emilia ?

Une quinte d'hilarité torsionna les femmes, la
dévote elle-même ; et toutes se mirent à lâcher
des plaisanteries. Lucie, d'abord, avait trouvé
sale ce genre de distraction ; peu à peu elle s'y
était habituée, devînt même très habile à
détourner de leur sens primitif, pour les rendre
grivoises, des expressions très simples. Mais
Reine, en ayant lâché une plus forte que les
autres, toutes se récrièrent, après avoir ri. On
n'était pas dégoûtante comme ça. Est-ce qu'elle
se croyait chez Blanche, dans une maison à soldats? C'était révoltant à la fin, si Madame l'entendait elle serait contente vraiment : on croirait
une fille de passe.

Et Laurence, avec acrimonie, déblatéra sur
les passes que Donard ramassait dans la rue pour
les servir aux débauchés. Il y en avait beaucoup
au 7, en ce moment-là, à cause du conseil de
revision. Elles resteraient jusqu'après les examens
de mars, où affluaient les étudiants.

— Si encore c'était tout, renchérissait Emilia ;
mais l'autre jour, Madame disait qu'il en arriverait encore beaucoup pour les fêtes de Gayant, et
puis pour la rentrée des vacances. Comme c'est
amusant; des sales filles qui font le trottoir !

Lucie Thirache les méprisait :

— Si c'est permis! En voilà une bêtise de vouloir être libre à ce prix-là.

— Oh! et puis Monsieur, les protège trop, elles deviennent hardies, remarquait Reine.

— C'est parce qu'il est trop bon, répondit Nina.

Elle ressentait, à l'égard de Monsieur, **une** craintive admiration. Ce potentat faisait de rares apparitions parmi les femmes, quand éclatait **une** querelle trop violente pour que Madame **pût** l'apaiser seule, ou quand une bande de pochards menaçait dévaster l'établissement. En dehors de ces rares solennités, Monsieur ne se montrait pas. Il découpait à la mécanique de minces porte-pipes en bois, ne descendant de son atelier que s'il avait réussi particulièrement une pièce, pour la soumettre à tout son personnel, dans un triomphe.

Lucie lui trouvait l'air très distingué, l'estimait fort instruit. Si jamais elle se mariait, elle aurait voulu avoir un époux « dans son genre. »

— Et puis il travaille si bien, ajoutait-elle, émerveillée!

— La toilette, Mesdames!

C'était la gouvernante qui prévenait les filles de s'habiller pour la soirée.

— Déjà?

Elles se levaient, ravies de cette distraction.

Pendant une heure, sous l'œil bienveillant du patron promenant son pantalon blanc dans le couloir, c'était un va et vient continuel. Ces dames se rencontraient sur l'escalier, un pot dans une main, un seau dans l'autre.

Et, dans la salle tendue de cuir rouge, les banquettes qui recouvraient les baignoires ayant été retirées, les femmes faisaient leurs ablutions en riant, en se jetant de l'eau à travers la pièce.

Ensuite, Lucie Thirache grimpait lestement l'escalier, toute frissonnante de la fraîcheur qui régnait en la cour couverte et dans le couloir. Madame la rejoignait dans sa chambre et, tandis que la fille s'habillait, elle inspectait minutieusement l'armoire à glace, les effets, en faisant mille questions. Elle confiait à Nina, que décidément Reine était trop brutale avec les messieurs ; elle serait obligée de la changer. Et Lucie, très fière de ces confidences, énumérait les défauts de sa compagne, engageait la patronne à la faire partir. Ainsi elle se donnait des airs de supériorité. Mais Madame s'apaisait : Pensez donc ; une nouvelle que je ne connaîtrai, ni d'Eve, ni d'Adam. Et elle supposait cette future pensionnaire avec tous les défauts. Elle finissait par dire : Je vais encore essayer comme ça, quelque temps. Tiens, appelle-là un peu que je lui parle.

Bientôt toutes les femmes étaient réunies dans la chambre de Nina. Madame épanchait des con-

seils, des recommandations. — Surtout, n'est-ce
pas? il faut être bien aimables avec le monsieur
à favoris d'hier soir. C'est un homme très bien,
qui a de l'argent; celle qui saura le prendre, il
lui paiera ses dettes et il la mettra dans ses meubles. Vous verrez ce que je vous dis.

La patronne descendue, les voix s'élevaient en
un concert d'éloges; Lucie Thirache demandait :

— Est-ce qu'ils sont riches les Donard?

— Je te crois, répondit Laurence. Ils sont tous
patrons, de père en fils, dans cette famille-là ; et,
tu sais, ils en gagnent de l'argent !

— Oui, même que le père à Monsieur, il tenait
une maison au bout de la rue d'Arras.

— Et elle ?

— Elle, c'est la fille de la mère Trumet, celle
qui avait le 7. Sa mère l'a mise en pension jusqu'à vingt ans et puis ensuite, le père Trumet l'a
enrôlée dans son bataillon.

— On dit aussi que celui qui l'a eue le premier,
a payé 1,500 francs.

— Pour une seule nuit ?

— Ah ! je sais pas. C'est joli tout de même.

— Je crois bien. Mais aussi elle est encore fort
chic, remarquait Lucie.

— Oui, elle a du galbe. La mère Trumet a dû
être contente de sa fille ce jour-là.

— Oh! elle l'adorait, sa mioche ! Aussi elle l'a
mariée avec un homme très bien qui a fait son

droit, et puis il nous évite un tas d'embêtements
avec la police, parce qu'il sait bien ce qui est
défendu.

— Elle doit être joliment heureuse.

— Elle le mérite bien, c'est une bonne femme.
Et dire qu'il y a des gens qui lui reprochent son
état!

— Faut-il être bête!

— Et puis il y a pas de sots métiers, il y a que
de sottes gens.

— Et elle n'est pas sotte, elle ; oh ! non alors !

— Comme elle sait deviner les carottes qu'on
veut lui tirer !

— Elle ne se laissera pas flouer allez, cette
femme-là.

— Y a pas de danger, elle tient trop à son
argent pour ça.

— Ca se comprend, quand on a eu tant de mal
à le gagner.

— Peuh! elle n'a pas eu tant de mal que ça,
c'est la mère Trumet qui lui a tout laissé, et puis
le père Donard. Sans compter que la maison, ne
va pas déjà si bien.

— Elle la laisse joliment tomber. Elle ne s'en
occupe pas assez.

— Ça, elle est flemmarde comme tout.

— Pourtant, ça ne va pas d'être flemmarde,
quand on est intéressée comme elle.

— Pour ça, elle l'est intéressée ! Vois-tu

comme elle vient toujours fouiller partout, pour voir si nous n'avons pas d'argent en cachette.

— Oui, elle a une peur bleue que nous ayons des économies et qu'un beau jour nous lui payons nos dettes, pour la planter là.

— Elle nous espionne rudement.

— Oh! oui, alors, elle nous espionne. Elle est toujours sur notre dos...

— Ne parlez pas si haut, tas d'imbéciles! elle est peut-être derrière la porte; elle écoute toujours tout ce qu'on dit.

Et Lucie Thirache allait voir doucement par le trou de la serrure s'il y avait quelqu'un dans le couloir.

IV

Une dernière fois, Lucie Thirache fut se mirer en les glaces du salon vert. Cette robe blanche à pois bleus, rigide d'amidon, lui seyait à merveille ; sa peau était toute rose, toute rose et toute blanche, aussi fraîche que le costume. Elle n'avait pas mis de fard : pour aller à la campagne, c'était inutile ! Et ne pas sentir l'épiderme tiré et tendu sous le blanc gras lui paraissait une sensation nouvelle, très agréable. Cependant, elle craignit que le soleil, le grand air ne hâlât son teint et elle passa sur son visage la caresse blanchissante d'une houppette à veloutine. Elle revint au couloir. Laurence et Emilia attendaient la voiture qui les devait venir prendre, la Donard ayant décidé une partie champêtre pour ce jour-là.

A un bruit de ferrailles dansant dans la rue Pépin, elles se ruèrent vers l'escalier, appelèrent « Madame ! » toutes ensembles.

Et, dans le fiacre, après un bonjour digne hoché à la face souriante du cocher, ce fut toute une affaire, étaler sans froissements les jupes empesées qui craquaient à chaque geste. La patronne, très à l'aise en une robe de popeline bleue, se moqua de leur coquetterie.

Par la ville, le fiacre roula.

Madame avait voulu qu'on traversât les places, « ce serait plus gai. » Sur la place d'Armes, les cafés verdoyaient et murmuraient un cliquetis de vaisselle, des conversations. Lucie se rappela son arrivée dans la ville, les craintes qui l'agitaient alors. Elles étaient bien ridicules, ces terreurs ! Une rude chance ! être venue au 7. N'était-ce pas charmant cette promenade hors les murs ; ce goûter qu'on allait faire dans la propriété de la patronne avec les bonnes choses juchées sur la toiture du fiacre, en deux grands paniers ?

Au Café du Centre, un monsieur la reconnut, et lui envoya des baisers. Madame, très contrariée, lui ordonna se retirer de la portière : « Elle lui ferait avoir des désagréments, cette grande folle-là ! »

Le soleil se dardait lourdement dans la rue de Paris. Il blanchissait le badigeon pisseux des maisons, illuminait les lettres noires des enseignes. Aux femmes toujours enfermées, ce soleil parut magnifique ; éblouies, elles furent obligées à regarder du côté de l'ombre.

Trois cochons éventrés à la porte d'une charcuterie excitèrent l'apitoiment de Lucie Thirache. Elle s'emporta contre Emilia qui s'intéressait à voir le sang filer sur la graisse blanche, finir par goutter en des terrines posées sur le trottoir. Elle s'indigna, répliqua aux plaisanteries par un argument qui amena le silence :

— Qu'est-ce que vous diriez, si on vous en ferait autant ?

La chaussée s'allongeait, irrégulière, entre des bâtiments rentrants et sortants, des pâtés de constructions où des ruelles sordides étaient percées. Madame en indiqua une très noire, très sale.

— C'est là que demeure Blanche..., la dernière maison près du rempart.

— Ça pue-t-il !

— Comment des femmes peuvent-elles vouloir travailler là dedans ?

La Donard raconta des horreurs : les artilleurs s'y battaient à coups de sabre et rossaient les femmes.

A la porte de Paris, un lignard en blouse de treillis était vautré sur un banc. Il se redressa subitement, clama :

— Tiens, les pucelles en sapin !

Ces dames s'esclafflèrent, épanchèrent par le vasistas une gesticulation amicale. Nina agita son mouchoir tant que le soldat fut en vue.

Lentement, le fiacre s'avança dans la porte entre les hautes murailles. Puis le cheval trotta. La fille eut une rapide vision de l'octroi : deux hommes, en casquettes galonnées, écrivant derrière les fenêtres d'une maisonnette neuve. En voilà une vie qui ne devait pas être drôle! Etre toujours enfermés! Ne sortir que pour visiter les voitures!

Mais brusquement, à droite, la plaine lui apparut, gisant au loin, ondulante, toute verte.

Dans une avidité de voir, elle resta silencieuse à contempler les champs.

Maintenant, la vanité qu'elle avait eue de se sentir voiturée parmi les piétons avait disparu. Toute entière, elle était accaparée par le spectacle nouveau de la campagne.

L'uniformité plate des terres lui paraissait énorme et superbe, et les files d'arbres, perdues en une brume blanchâtre, qui terminaient le paysage, semblaient être à une distance infranchissable, dans un lointain indéfini. Par-dessus les cîmes feuillues d'un bosquet, une cheminée de fabrique s'amincissait vers le ciel, soufflant des nuages noirs et l'immensité du sol cultivé montait dans le ciel bleu, bosselée par les meules jaunes, ravée par les rubans des chemins où les voyageurs étaient perçus comme des points immobiles. A gauche de la route, des plantes potagères régulièrement espacées laissaient voir la terre grise entre leurs alignements. Laurence les dénommait dans une joie :

— Ça c'est des choux, ça c'est des asperges; celles qui ont des feuilles frisées c'est des carottes; celles qui s'enroulent à de grands bâtons, c'est des haricots.

Lucie écoutait avec attention répondant :

— Ah! vraiment. Et elle regardait bouche béante, une émotion dans les yeux. Quoi, c'était ça qu'elle mangeait, comme c'était différent sur la table !

Soudain toutes parlèrent à la fois, bâtirent des projets de retraite champêtre pour le jour où elles seraient au pair. Elles montraient un si grand désir d'abandonner la ville et leur condition que Madame vexée se récria :

— Ah! c'est comme ça que vous me quitteriez; c'est bon à savoir.

Elles protestèrent. Laurence embrassa la patronne.

Mais Lucie Thirache, penchée à la portière, ne se lassait pas de considérer la plaine où les labourés mettaient des taches brunes, les jachères des taches jaunes.

Elle suivait le va et vient des rouloirs aplanissant le terrain, les efforts mesurés des che-

vaux que ne semblaient émouvoir les coups de
fouet.

Ailleurs, les sarcleuses, la tête cachée sous les
capotes de toile, s'avançaient en ligne, péniblement courbées. Et jusqu'à Lucie arrivaient les
cris des conducteurs comme une plainte affaiblie.
Elle prenait plaisir à voir travailler les autres, à
s'apitoyer sur leur sort, estimant sa carrière fainéante bien plus heureuse : « Oui! Mais plus
tard? » pensa-t-elle. Et ce « plus tard » lui
sembla obscur, plein de menaces. Elle n'était pas
certaine, comme ces pauvres paysannes, de
trouver jusqu'à la fin l'abri gagné par le travail;
et elle se prit à réfléchir, très triste, trouvant que
la campagne énorme, éclairée par le soleil de
trois heures avait, une mine de félicité tranquille,
de bonheur égoïste, indifférent à son état.

Le fiacre cahotait entre la fabrique qu'on avait
atteinte et des maisons basses, à enseignes de
cabaret. Des ouvriers, la bouche pleine, taillaient
des tartines en des chanteaux de pains.

Lucie, prise d'une curiosité, interrogea Madame :

— Qu'est-ce qu'on fait dans cette fabrique?

Personne ne le savait. On s'égara en des sup-
positions contradictoires.

— Tenez, voilà Lambres! et la maison est là-
bas dans les arbres.

Toutes se penchèrent. La route poudreuse

allait vers une masse de feuillage dont les
trouées laissaient voir une bâtisse blanche. Elles
ne quittèrent plus des yeux cette perspective,
écoutèrent les renseignements que donnait la
patronne. Elle l'avait achetée en 1876, à un monsieur habitant Le Quenoy...

On arriva. La maison se trouvait au fond d'un
jardin très boisé, ceint d'une haie. Au milieu de
la haie, deux pilastres en briques servaient de
chambranle à une porte jaune. Les femmes
entrèrent en secouant les plis de leurs costumes;
elles lissèrent leurs tailles par des caresses qui
enveloppaient toutes les rondeurs. Et, aussitôt,
ayant vu un ruisseau qui serpentait entre
les carrés de légumes, elles coururent, s'émer-
veillèrent à considérer les ventres nickelés des
épinoches zigzaguant dans l'eau verte. Emilia
s'accroupit au bord, essaya de les attraper. Elle
ne réussit qu'à se mouiller les mains et à faire
des taches sur sa robe. Les autres femmes s'em-
pressèrent autour d'elle avec des exclamations
désespérées. C'était bien ennuyeux, une robe
qu'on étrennait! Il fallait toujours quelque chose
pour gâter la joie!

On suivait le cours d'eau. Madame avait pris
le bras de Lucie et continuait à faire l'historique
de son acquisition; maintenant elle énumérait
les réparations qu'elle avait dû entreprendre.

— Le long du chemin de halage, j'ai été forcée

de faire construire un mur, parce que les cordes des bateaux mangeaient la haie, c'en était dégoûtant.

— La rivière passe tout près?

— Mais oui, c'est la Scarpe. Il y a toujours des bateaux. Pour qu'on puisse voir, j'ai fait poser une grille dans le mur.

Les femmes allèrent à cette grille; au pied, le mâchefer du chemin était étalé, et, au-delà, l'eau stagnait en une nappe huileuse. Un bateau noir de goudron se dressait immobile; sur le pont, entre des empilements de sacs, une minuscule guérite s'élevait, blanche et rouge.

Cette guérite occupa beaucoup Lucie. Elle se demandait comment les bateliers pouvaient vivre là-dedans, sans air, entassés les uns sur les autres. Ça devait sentir joliment mauvais. Comme personne ne sortait de la cabane, contre son attente, elle quitta ce lieu, se mit à marcher entre les parterres. Les autres la suivirent.

Les fleurs, arrangées en corbeilles, lui parurent très jolies. Elle s'extasia devant les fines clochettes des fuchsias, les couleurs éclatantes des pensées, les épanouissements des roses qu'Emilia comparait à de petits choux.

La Donard avait des souliers neufs dont les lacets se dénouaient sans cesse; chaque fois qu'elle s'occupait à les attacher, les filles arrachaient vivement une fleur et la cachaient dans

leurs poches. Soudain Emilia découvrit une grenouille tapie près un plant de géraniums; elle
la ramassa et se mit à poursuivre Laurence, menaçant de la lui jeter. Nina, réfugiée auprès de
la patronne, craignait fort, sans oser le dire,
qu'Emilia ne vînt l'attaquer aussi. Mais Laurence essoufflée s'arrêta très en colère, déclara à
sa compagne que, si jamais elle la touchait avec
cette vilaine bête, elle verrait un peu. Emilia
lâcha la grenouille et reprit sa poursuite.

Alors, avec de grands éclats de rire, la Donard et Nina se mêlèrent à ce jeu. Il y eut une
course folle à travers les arbres, des enjambe-
ments maladroits par dessus les parterres et des
embrassades furieuses quand on s'attrapait. Elles
redoublaient leurs gambades, levant très haut
les jupons; elles avaient remarqué les œillades
que lançait dans leurs dessous, un jardinier
émondant les saules. La mine piteuse du mâle
les amusa beaucoup.

En courant, elles escaladèrent un tertre qui
dominait le mur et le paysage extérieur. Devant
une fabrique, aux bâtiments noircis, la Scarpe
coulait, s'enfuyait sous un pont vers les remparts de la ville. Un châlet se montrait sur la
même rive, bouchant la vue de la campagne.

Lucie fit remarquer que ce tertre était mal
placé, on aurait dû l'ériger de l'autre côté du
jardin, du côté où on voyait les champs.

— C'est si beau les champs, dit Emilia.

— Madame, appuya Laurence, voulez-vous
que nous y allions dans les champs, nous cueil-
lerons des reines-marguerites, il y en a plein
dans les fossés ; je les ai vues en venant.

— Allons-y, si vous y tenez, autorisa la patronne.

Elles s'en furent le long de la haie, jusqu'à la
porte, en chantonnant. Seule Lucie était silencieuse, elle allait revoir les travailleurs : elle
songea à sa condition ; à Léon qui, maintenant
bien loin d'elle, l'avait sans doute oubliée. Elle
s'abîma en une mélancolie, se rappelant le passé,
ses joies de jeune amoureuse. Perdues toutes ces
félicités ! Heureusement, que lui ne savait pas
sa position, ne se la représentait pas, ainsi qu'elle
était, salie par toutes les lèvres, avilie par tous
les contacts ! Et le malheur, c'est qu'elle était
sans courage pour sortir de cet état ; et puis elle
n'était pas libre ; les dettes s'accumulaient, la
Donard la tenait par là.

Déjà on était sorti du jardin, on longeait les
champs sur la route. Un cri d'Emilia qui marchait au haut du talus fit retourner Lucie.

— Tiens, un nid de chrétiens !

Elle alla avec les autres à l'endroit que la fille
indiquait. Les herbes étaient couchées sur un
grand espace, foulées, mâchées ; une épingle à
cheveux s'accrochait à quelques brins de seigle

vert. Il y eut une avalanche de plaisanteries grivoises, une supputation des spasmes voluptueux
dont avaient frémi les êtres qui s'étaient vau-
trés là amoureusement. Et Nina se promit conter
la chose, le soir, à ses clients préférés ; ils ne
manqueraient pas de faire des réflexions très
drôles.

On rentra pour le goûter. Madame, partie en
avant, conseilla à ses pensionnaires un court
repos.

Dans les herbes hautes, chacune se vautra
moelleusement. Lucie couchée sur le dos, voyait
près sa figure les herbes se balancer, trans-
parentes. Elle avait mis un mouchoir sur son
front pour le garantir du trop ardent soleil.
Dans ses cheveux, dans son cou, des brins de verdure la chatouillaient en une caresse agaçante
que la fille recherchait. Et, tout autour d'elle,
c'était un bruissement continu, un cliquetement
de tiges qui se redressent, un bourdonnement de
guêpes en butin. En haut, le ciel très bleu, où
filaient les ventres blancs des hirondelles, dont
le vol circulaire s'abaissait tout à coup, soulevait
sur l'eau transparente une écume d'argent.
Lucie ne bougeait pas, désireuse de ressentir le
frôlement de leurs ailes, elle regardait vaguement les arbres, le gazon, frissonnants dans une
buée violette. Et de ses pensées tristes, il ne restait plus rien. En elle était venue l'appétence

d'une perpétuelle oisiveté, d'une torpeur alanguissante, où elle s'abandonnerait délicieusement, enfoncée dans les grandes herbes.

A un appel de la patronne, elle dut se lever,
rejoindre Emilia et Laurence qui s'avançaient
en riant vers le jardinier. L'homme était assis
sur la tête d'un saule et, muni d'un sécateur, il
abattait les branches. Les femmes s'amusaient à
entendre la mastication de l'instrument, à voir
tomber les gaules, avec des froissements. Laurence, la première, adressa la parole à l'ou-
vrier.

— Vous aviez l'air joliment chaud, tout à l'heure, quand nous courions là-bas ?

— Ah ! dame, je ne ravise pas toudis des bellées gambes comme nô.

Ce patois les réjouit énormément. Elles s'amu-
sèrent à faire causer le paysan. Bientôt, il descendit de son arbre et devint entreprenant. Il
avait empoigné Emilia par la taille et voulait
l'embrasser. A cette démonstration, les femmes
se fâchèrent subitement, lui commandèrent de se
tenir tranquille. Elles étaient vexées de se voir
traiter ainsi par un homme de rien. Leur dignité
se révolta : Avait-on jamais vu un pareil pignouf
qui prenait des manières !

Un instant le jardinier resta ahuri, puis il cria
avec une colère :

— Bah ! bah ! faut pas faire les bégueules,

parce qu'on a mie des bellées capotes, on est un homme tout de même, pas vrai ? Alors de quoi ? Il y en a assez d'autres qui ont frotté t'panche ed'putain.

Les femmes s'éloignèrent, contristées.

Mais, dans la cuisine, l'aspect d'une table surchargée de victuailles, de bouteilles, de pâtisseries, les remit en joie.

Elles mangèrent avidement. Elles s'amusaient à conter l'histoire du jardinier qu'elles trouvaient très drôle maintenant. Et on trinqua à Madame, une si bonne personne. On fit l'éloge de sa propriété, en énumérant les splendeurs du jardin.

Laurence, ayant par mégarde, tiré de sa poche une des fleurs cueillies, la patronne la sermonna doucement. Toutes, enhardies par cette affectation de bonté, tirèrent également des fleurs de leurs mouchoirs. Un fou rire les prit. Madame elle-même se tordait en répétant :

— Gamines ! Oh ! les gamines !

Le fermier en entrant interrompit leur hilarité. Lucie soupira, attendant l'annonce d'une catastrophe pressentie.

— Madame Donard. Ch'est l'voiture qui attend !

Des larmes vinrent aux yeux de la fille, quand il fallut remettre son chapeau. Ses regards étaient si troublés, qu'elle tourna ses brides à l'envers et eut beaucoup de mal à faire son nœud. Elle maudissait la patronne qui les ramenait à la boîte, où on allait les coffrer pour un long temps. Il fallait qu'elle fût sans cœur, cette femme-là pour torturer ainsi de pauvres filles. D'ailleurs, il n'y avait pas à se plaindre, puisqu'on s'était vendue ? Et ce mot « *vendue* » résonnait à son oreille sans arrêt.

Une fois en voiture, quand elle eut mis son visage à la portière, les plaisanteries de ses compagnes, la paresseuse jouissance de se sentir mouvoir sans agir, rendirent à Lucie sa bonne humeur. Elle se trouva bien ainsi, assise sur des coussins capitonnés. Du reste, il fallait prendre la vie comme elle venait, sans se casser la tête à chercher midi à quatorze heures.

Calmée par cette réflexion, elle contempla béatement le ciel de pourpre qui flambait à l'horizon, sous les arbres. Douai se cachait derrière la verdure des remparts, et, par delà les feuillages, le beffroi dressait ses clochetons dont l'or s'irradiait.

Lucie Thirache devint presque gaie, puis tout à fait joyeuse. Elle éclata même de rire en voyant sur le bord de la route, de tous petits garçons qui relevaient leurs chemises, pour découvrir les blancheurs de leurs ventres.

A la vue des fortifications, du pont qu'on allait franchir, il revint à la fille comme un vague

désir d'être déjà rentrée, de voir si les choses
étaient en leurs places au 7, de considérer Monsieur et les faces accoutumées des clients.

Quand les employés de l'octroi visitèrent la
voiture, elle fut très drôle. A leur demande :
« Vous n'avez rien à déclarer? » elle tira gravement son porte-monnaie et dit :

— Combien ça paye, les petites femmes?

Et le fiacre rentra dans la ville, bavant des
éclats de rire, ramena au 7 les femmes hilares.

V

L'été fut très chaud, cette année-là. Tout le jour, les filles couchées sur le divan du petit salon, sommeillaient, presque nues. Et dans la pièce sombre, un silence, continuellement, pesait. Parfois, une mouche bourdonnante venait planer au-dessus des chairs moites, et une femme la chassait, en jurant. Nulle ne travaillait. Lucie elle-même abandonna son tricot ; ça l'impatientait de sentir toujours les aiguilles glisser entre ses doigts humides de transpiration. Elles vivaient dans une paresse avachie. Les parties de campagne se renouvelèrent rarement. La Donard ne les organisait qu'aux grandes occasions, et encore, si la conduite de ses pensionnaires l'avait complètement satisfaite.

Et les soirées aussi s'écoulaient, mornes. Il ne
venait plus de clients ; tous avaient déserté la
ville universitaire dès le mois de juillet. A peine,
de temps à autre, un voyageur entrait au salon,
jetait sur la table son guide et sa lorgnette
s'écroulait sur le canapé dans un harassement.
Il restait peu avec les femmes, pressé de monter,
de reposer en un lit la lassitude de ses membres.
Ce n'étaient plus les gaies réunions d'hiver où
les chants, les danses, les histoires drôles amusaient ces dames ; personne qui leur prêtât un
roman ; toute distraction manquait.

L'ennui bientôt empoigna Lucie Thirache. Elle
se perdait en des rêvasseri⁣s ⁣⁣notones ; elle
songeait à son passé, à son amour pour Léon ; et
des regrets sans cesse l'attristèrent. Et puis,
c'était une appréhension terrifiante de l'avenir ;
elle vieillirait, se fanerait, et, quand elle
aurait perdu fraîcheur et beauté, on la chasserait
des maisons chères ; elle roulerait de bordel
en bordel, jusqu'au jour où elle tomberait
dans les maisons à un franc, ces bouges infects
dont les roulures de passage parlaient avec
dégoût, ces bouges où il fallait se livrer à des
gens malpropres et à des soldats ivres. Enfin,
quand elle serait tout à fait décatie, on la met-
trait dans la rue, et alors que deviendrait-elle ?
Peut-être aurait-elle la chance de mourir auparavant. Cela vaudrait mieux sans doute. C'était

pourtant les hommes qui la menaient là, avec leurs sales passions ! Oh ! si jamais elle pouvait se venger d'eux ! Comme elle leur en voulait à ces salops-là ! Et toujours, l'image de la mort s'offrait à elle comme une promesse de délivrance, comme le terme désirable de ses malheurs et de son asservissement. Obsédée par cette pensée, elle la poursuivait dans toutes ses conséquences; elle se représentait son enterrement, le catafalque élevé dans le couloir aux murs roses; et, si elle décédait au 7, certainement la bière ne pourrait passer dans l'escalier, il faudrait la descendre au moyen de cordes. Cette idée surtout lui était pénible; on la déposerait dans la fosse commune sans une inscription, sans une couronne. Soudain, Lucie Thirache se révoltait contre la hantise de cette songerie lugubre, elle s'écriait : « Ah que je suis bête ! » et elle courait à ses compagnes, les réveillant d'une claque, clamant dans un ricanement qui voulait étouffer un sanglot : « En avant la musique ! »

Et elle chantait.

Elle chantait des couplets d'opérette, des romances en vogue, des scies désopilantes. Laurence assise au piano tapotait l'accompagnement. Toutes psalmodiaient le refrain en chœur, et, dans la maison, un concert de sons aigus montait. Madame accourait, furieuse, menaçant de fermer l'instrument, si on continuait un pareil tapage.

Alors le charivari cessait. Une à une, elles chevrotaient leurs airs favoris. Laurence se renversait au dos de sa chaise, s'accompagnait d'une main, allongeant doucement l'autre bras en l'air, suivant le rythme, et soupirait d'antiques romances sentimentales. Reine avait la spécialité des couplets grivois; elle les clamait à tue-tête, appuyant avec des intentions sur les mots crus, soulignant chaque gauloiserie d'une claque violente sur les cuisses.

Lucie Thirache prit goût à ces exercices. D'abord assez inhabile, elle étudia le solfège, apprit à lire ses notes et s'appliqua avec une scrupuleuse attention à chanter en mesure. Elle passait ses après-midi à susurrer des airs en cherchant les inflexions justes, et, sans se lasser, elle répétait vingt fois des tâtonnements vocaux, des ébauches de ritournelles. Peu à peu elle devint assez bonne chanteuse.

Elle était très fière de son talent, se promettait, la prochaine saison, s'attacher tous les clients par son habileté musicale; et déjà, elle se voyait en possession de sérieuses économies; elle pourrait acquitter ses dettes, reconquérir sa liberté, mener une vie indépendante et calme.

Et, infatigablement, elle solfiait.

Au milieu de ses occupations, une angoisse la poignait. Elle avait connu une fille de passage atteinte du mal vénérien, et, depuis, le spectacle des accidents qu'elle avait observés la hantait, lui inspirait à la fois épouvante et répugnance. Tout en redoutant ce mal terrible, elle l'attendait comme une conséquence inévitable de son métier. Les jours de visite, lorsque la gouvernante, venue de bonne heure frapper à sa porte, l'avait avertie de se tenir prête, elle s'apeurait, devenait très pâle. Elle découvrait avec précaution l'homme étendu à son côté, soigneuse de ne point l'éveiller, visitait le corps en une inspection minutieuse. Si, par hasard, elle apercevait sur ses membres un furoncle de mauvais aspect, Lucie Thirache interrompait par de brusques caresses, le sommeil du miché; et, très inquiète, elle cherchait, jusqu'à ce qu'il fût parti, à amener, par d'habiles insinuations, l'aveu d'une maladie récente. La réponse toujours négative, la rassurait peu. Restée seule, elle se livrait sur elle aux mêmes examens, s'affolant à la vue d'une rougeur, d'une tache.

Sa terreur, chaque jour croissait, entretenue, avivée encore par les récits que lui faisaient les autres filles. Sur un ton navré, elles se communiquai : leurs craintes, exagéraient les descriptions du mal. Puis, tout à coup, quand Lucie, rendue curieuse, voulait les interroger afin de se mieux garantir, elles se moquaient d'elle en affichant une subite insouciance. Seule, une femme nouvellement enrôlée, Léa, une Pari-

sienne, se complaisait à satisfaire aux questions
de Nina. Durant des heures, elle narrait des
symptômes, racontait des traitements, et Lucie
l'écoutait, en une attention muette, complètement asservie par l'érudition de cette fille. Elle
était grande et mince, très nerveuse, incapable
de rester en place ; ses vêtements semblaient la
gêner ; elle en mettait le moins possible et se
promenait par toute la maison, voilant à peine
ses nudités sous d'amples peignoirs de soie. On
la rencontrait partout, en haut et en bas, dans la
cuisine et au salon, toujours affairée, agitant
dans un rire continu sa tête couverte par les
frisures noires d'une chevelure coupée court,
montrant des dents petites qu'elle faisait souvent
craquer, dans un tic.

Comme elle était arrivée au 7 avec de fortes
dettes, son crédit auprès de la patronne était
mesuré ; aussi empruntait-elle aux unes et
aux autres les objets dont elle avait besoin,
payant d'une plaisanterie ou d'une histoire.
Lucie surtout, incapable de résister à ses prières pressantes, était sa pourvoyeuse la moins
avare de pots de pommade et de parfums. Un
jour Léa vint demander à sa bonne Nina, une
paire de jarretières bleues qu'elle convoitait.
Elle la trouva occupée à laver ses cuisses à
grande eau.

— Qu'est-ce que tu fais là ? demanda-t-elle.

— Tu vois, je me lave. J'ai des rougeurs, ici, je sais pas ce que c'est.

— C'est rien du tout, fit Léa, après avoir examiné.

— Qui sait? c'est peut-être le mal?

— Ah! oui, t'es folle!

— Oh! si tu savais comme je suis aux cent coups, reprit Lucie. C'est demain la visite; j'ai une peur bleue. Le docteur qui a l'air bonasse comme ça, au fond, il ne rigole pas et, si on a la moindre chose, vlan, il vous flanque à l'hôpital; c'est réglé.

— Il n'y a pas besoin de lui montrer ses misères.

— Avec ça qu'il ne les voit pas?

— Allons, tu ne sais donc pas les cacher! Oh! bien, rue d'Aboukir nous arrangions ça, il n'y voyait que du feu, le médecin. On a des trucs.

— Quels trucs?

— Oh! je te dirai ça. Fais voir un peu si tu as quelque chose.

Ayant fait mettre Lucie sur le lit, Léa commença à la retourner sur toutes les faces. La fille se laissait faire comme un enfant. L'autre lui joignait, lui disjoignait les jambes, lui faisait étendre les bras, les ramenait au torse, suivant d'un œil exercé tous les plis de la peau et tous les contours des membres. Soudain, elle éclata de rire, déclarant :

— Mais tu n'as rien du tout grosse bête !

— C'est bien sûr ?

— Oh! tu peux t'en rapporter ma fille ! je m'y connais un peu; j'en ai déjà soigné, dans ma vie, de ces petites histoires, va. Oui, j'en ai soigné, répéta-t-elle en chatouillant par tout le corps Lucie qui se contorsionnant, la repoussait moitié riant, moitié fâchée.

— Oh! non, voyons, je t'en prie, laisse-moi !

— Ah ! tu me fais chercher comme ça, pour des prunes. Attends, tu vas voir comme je vais me venger.

Et Léa continuait ses chatouillements. Ses doigts allaient par toutes les rondeurs du corps, le long des côtes, simulant les mouvements allongés d'une araignée qui court. Lucie, mollement, se défendait; sa peau frémissait sous les attouchements délicats, sous les effleurements des grands ongles de Léa. Elle ressentait une étrange émotion l'envahir; sa poitrine se soulevait par secousses. Elle cacha sa figure dans ses mains demandant :

— Oh! non, laisse-moi je t'en prie !

— Que je te laisse ? Tu ne voudrais pas; tu es trop contente, attends un peu!

Et Léa, enserrant sa taille, se mit à l'embrasser sur le cou, sur la poitrine. De sa langue rose, à petits coups, elle piquait la peau blanche de

Lucie, les pointes des seins qui se dressèrent ; et par instants elle interrompait ses caresses pour contempler son amie dans une sorte de malicieuse attente.

Tout à coup comme prise de rage elle appliqua à plusieurs reprises sa bouche sur le ventre poli et, brusquement, enfouit sa tête dans les chairs blanches qu'elle étreignit avec violence. Lucie eût un long frisson, ferma les yeux, se cacha la face dans ses bras, et, sous l'influence rapidement croissante d'une volupté inconnue, elle sentit ses nerfs se tendre et se détendre délicieusement en une précipitation qui s'accélérait ; c'étaient des soubresauts, des halèttements rauques, des sanglots. Alors Léa se relevant, se précipita sur le corps de Lucie, se mit à couvrir de baisers sa face, sa gorge; et les femmes enlacées se pâmèrent, bouche à bouche, dans un spasme furieux, interminable.

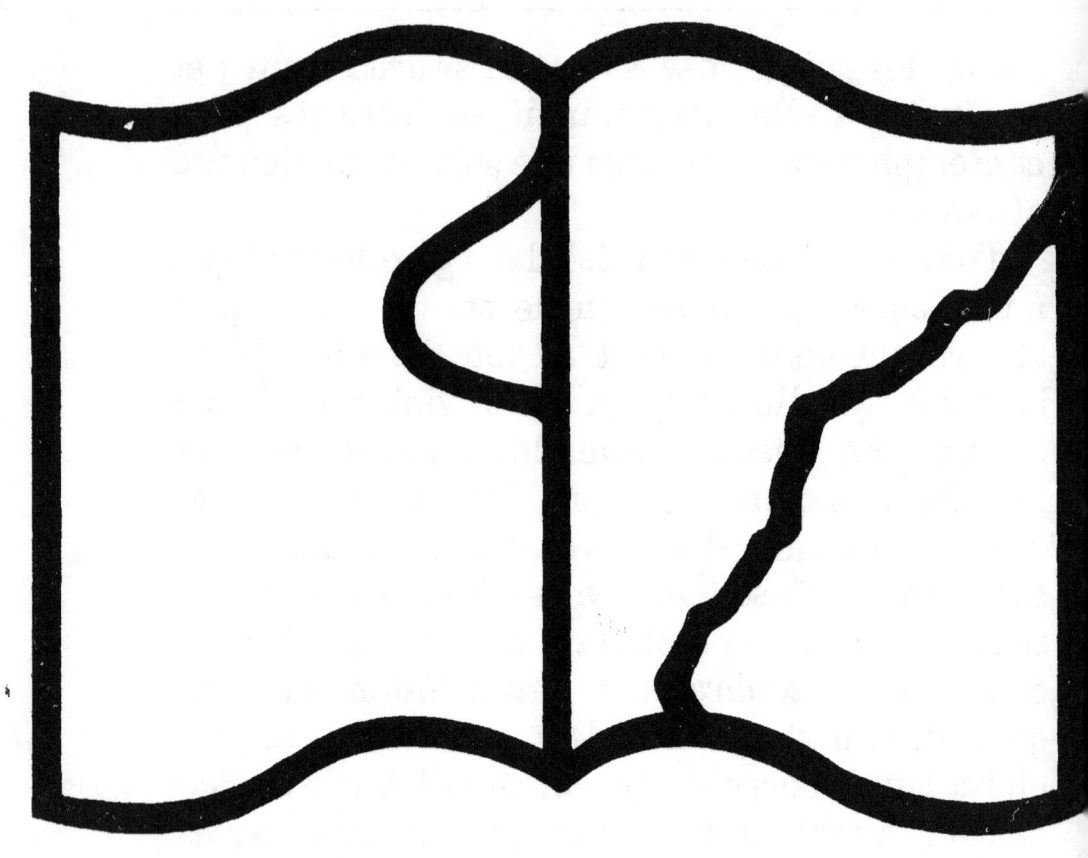

Texte détérioré — reliure défectueuse

NF Z 43-120-11

VI

De ce jour, naquit, entre elles, une étroite intimité.

Maintenant Lucie Thirache ne pouvait se passer de Léa. Assise près d'elle en un coin du divan, elle aimait rester des journées entières les jambes enchevêtrées aux siennes, les mains enserrant sa taille, la regarder toujours.

Elle ne travaillait plus. Elle était toute à cette affection qui la distrayait de sa vie monotone, éloignait les souvenirs tristes, les appréhensions terrifiantes. Et elle trouvait un ineffable plaisir à procurer à cette fille toutes les joies, à veiller à son bien-être avec une constante sollicitude. En retour elle recevait des caresses, des protestations d'amitié et de dévouement qui la charmaient.

C'est que, jusqu'alors, dans sa vie nouvelle, Lucie avait souffert d'un isolement pénible. Elle ne sentait entre ses camarades et elle aucun lien affectueux : Les câlineries qu'on lui prodiguait pour obtenir de sa bonté quelque service, cessaient, sitôt le service rendu. Elle s'en désolait, prise de la vague appétence d'un attachement plus durable.

D'abord elle avait recherché l'affection de quelques clients du 7. Mais souvent leurs visites s'espaçaient, et même, s'ils venaient chaque soir, la longue attente où elle restait toute l'après-midi lui devenait une douleur. Et puis, en la présence des hommes, elle se sentait gênée ; dans le plaisir, dans les conversations on la traitait toujours comme une inférieure vénale, jamais comme une égale. Ses expansions étaient repoussées, crues feintes, moquées. Et il fallait encore, le métier l'exigeant, gratifier de faveurs semblables les indifférents et les êtres chéris. Cela la répugnait fort. Ainsi les mâles ne pouvaient satisfaire à ses désirs d'épanchements amoureux. Elle renonça très vite à chercher parmi eux l'idéal rêvé.

Cet idéal, elle se le représentait surtout par le souvenir. C'était Léon, non l'amant, le maître, mais l'amoureux d'avant sa chute, qui l'étreignait toujours, lui chantant de flatteuses paroles, empressé à lui éviter tout chagrin.

Lorsqu'elle eut connu Léa et sa tendresse, il lui sembla que ses aspirations étaient réalisées bien au-delà de ses rêves. Cette fille savait joindre à une grande habileté amoureuse, un raffinement délicat dans le choix de ses prévenances. Vautrée tout le jour aux côtés de Lucie, elle ne tarissait pas son admiration pour les sveltesses de l'adorable Nina, pour les pâles matités de ses chairs, pour la petitesse rare de ses extrémités. A chaque exclamation élogieuse, de ses longues et fines mains, elle caressait les membres vantés avec une chatouillante lenteur. De tels attouchements, fréquemment répétés, maintenaient Lucie Thirache en un énervement délicieux. Une telle apologie de ses charmes, murmurée en languissantes inflexions, étaient à la fille une harmonique mélodie, berceuse de son imagination somnolente. Puis soudain, à la vue de cette femme couchée sur ses genoux, faisant saillir pour elle les courbes lascives de son corps, tournant vers son visage de grands yeux noirs tout humides de larmes amoureuses, une triomphante vanité empoignait Lucie : elle était reine, l'autre esclave ; ses gestes ordonnaient, ceux de l'autre affirmaient obéissance, et il lui prenait parfois, une rage d'afficher son autorité, des envies féroces de torturer cet être si beau, de pouvoir crier ensuite : « Cette femme est à moi, c'est mon bien. »

Elle ressentait aussi une vindicative jouissance à verser en ses mains tout l'or de ses profits ; la chair en vente perpétuelle achetait de la chair à son tour; elle, toujours possédée, possédait enfin. Et elle entendait jouir de cette possession dans toute sa plénitude. Léa ne devait jamais la quitter ; à un asservissement de toutes les minutes Lucie astreignait son amante, heureuse d'imiter les mâles qui la tenaient elle-même, sans un répit, à leur disposition. Et d'autant plus parfait était son bonheur, d'autant plus sûres ses représailles que Léa, avec la gracilité élégante de ses formes, avec sa chevelure bouclée, coupée court, son langage brutal et son habitude de jurer approchait davantage à la virilité.

Mais c'était une virilité gracieuse, exquise, originale, bien différente de l'autre. Ses brutalités, si spontanées qu'elles fussent, paraissaient toujours affectées; sous les paroles les plus grossières perçait comme un affinement de la pensée, une subtile intention de parodie ; sous un geste brutal des souplesses se devinaient; et puis de ce corps toujours en mouvement, à peine vêtu de soiries volantes, sourdaient d'odorantes effluves qui soûlaient Lucie, l'affolaient de passion. Tantôt c'était les fines émanations de la verveine, de la violette, et la fille se plaisait à les humer sur la nuque rose de Léa, parmi les frisons bruns qui chatouillaient ses narines frémissantes ;

tantôt les forts parfums du patchouli ou du musc
s'exhalaient de son amie, quand elle courbait le
torse ou soulevait les bras, et alors, avec de
grands battements de cœur, elle se serrait à son
amante, aspirant de toutes ses forces les gri-
santes suavités, laissant ses mains se perdre sur
la peau humide et satinée, bien autrement douce
que celle de l'homme. Et, malgré ce satinement,
cette douceur, malgré les molles rondeurs où
elle semblait s'enfoncer, Lucie se sentait aussitôt
étreinte, avec une énergie qu'elle ignorait chez
les mâles les plus robustes ; elle était embrassée
furieusement sans être mourtrie, mordue sans
être blessée. Elle goûtait d'infinies délices où
paraissaient ensemble et des alanguissements et
des tensions et des faiblesses et des vigueurs.

Mais le pouvoir de les rendre exclusives, multipliait les charmes de ces voluptés. Nul de ces
plaisirs n'était répété avec d'autres. Elles gardaient le secret de leurs délices, elles éprou-
vaient une grande joie à se regarder devant les
pensionnaires du 7, d'une façon à elles particu-
lière, en se passant la langue sur les lèvres, qui
évoquait en leur esprit la pensée de leurs
secrètes félicités.

Et cet amour grandissait.

Quand son amie était absente Lucie se sentait
prise de mélancolie; ses anciennes épouvantes
lui revenaient et les moments qu'elle passait,

ainsi en des rêveries lugubres lui faisaient apprécier davantage la présence de Léa. Elle s'aperçut
aussi qu'elle avait une rivale, Laurence. Cette
femme avait d'abord paru très intriguée de leur
intimité. Bientôt elle sembla désirer vivement
connaître les charmes et les talents de la Parisienne. Elle la comblait de présents, lui adressait
mille compliments, lui procurait des michés
riches. Il y eut une lutte de générosité. Lucie se
promit ne pas se laisser vaincre; à elle seule
appartenait de parer Léa luxueusement comme
une amante adorée. Chaque jour, cette fille se
trouva ornée de rubans neufs, de colliers différents. D'abord Lucie méprisa ces efforts; Léa
l'aimait trop, et l'autre n'était pas assez sédui-
sante; elle perdait son temps. Mais, à mesure
que les cadeaux de sa rivale furent présentés
plus beaux, à mesure qu'elle vit Léa devenir
plus aimable pour cette femme, ses dispositions
changèrent. Elle fut prise d'une rage sourde
contre cette Laurence, une voleuse! Car enfin,
elle aurait donné tout ce qu'elle possédait, pour
garder l'amour de Léa, et vouloir lui prendre
Léa, c'était vouloir lui prendre tout son bien. Et
puis, c'était de furieuses colères contre son amante,
qui n'était pas assez revêche à l'égard de cette
femme. Elle l'accablait d'injures, l'avilissait de
toutes les épithètes infamantes, et, soudain, dans
une peur qu'elle ne fut fâchée et ne courut

se jeter aux bras de l'autre, elle se faisait petite, suppliante, pleurait à ses genoux en lui deman_ dant pardon. Mais ces humiliations qu'elle s'imposait, augmentaient encore sa haine contre Laurence.

Pour l'agacer elle ne négligeait aucun moyen. Elle avait repris ses chants, et, sans cesse, elle adressait à Léa les paroles amoureuses de ses romances avec de tendres œillades. Elle exigeait que son amie lui donnât devant, sa rivale, les marques les plus évidentes de la passion. Et le soir, au salon, elle s'ingéniait à enlever les clients de Laurence, la dénigrant auprès de tous. Mais l'autre ne se lassait pas; ses cadeaux arrivaient plus nombreux et plus riches. Lucie fut obligée à y répondre par d'autres présents plus riches encore. Toutes deux s'endettèrent auprès de leurs camarades.

Enfin, Lucie triompha; elle donna à son amante, des boucles d'oreilles en or vrai. Et dès lors, son mépris pour « l'autre » éclata. Elle la savait ruinée, incapable d'un nouvel effort. Ce furent de continuelles moqueries. Lucie tournait en dérision toutes ses paroles, toutes ses attitudes, tous ses actes. Des scènes violentes eurent lieu; avec des injures, elles se menaçaient en une furieuse gesticulation. Mais Madame intervint, leur déclara que si elles ne parvenaient à s'entendre, elle les enverrait toutes deux au diable, loin de leur chère Léa. Elles durent se contenter alors d'échanger des allusions blessantes; un débinage mutuel de leurs décatissures.

Cependant quand elles pouvaient se rencontrer seules, en un couloir désert, en une chambre vide, des luttes silencieuses s'engageaient, où, armées de leurs peignes, une flamme haineuse dans le regard, elles se faisaient de profondes égratignures, s'arrachaient des poignées de cheveux, se déchiraient leurs vêtements.

VII

Toutes étaient réunies au couloir du premier étage, pour la visite. Vêtues de chemises décolletées, elles s'appuyaient au mur et la blancheur du linge propre tachait crûment le rouge sombre des boiseries. La patronne adossée à la rampe de l'escalier, lisait *le Petit Nord*.

A une porte, le docteur se montra, laissant échapper une femme, interrogeant : « A qui le tour? » Un frisson courut parmi les filles, avec un murmure. Elles se poussaient mutuellement vers lui. Nina se trouva la plus proche. Il lui donna une tape sur l'épaule et l'emmena en goguenardant.

Maintenant, Reine racontait que cette fois encore, elle l'avait échappé belle, et les autres répondaient très bas, pénétrées de l'importance solennelle de cet examen. Un temps assez long s'écoula sans que Lucie reparût. Anxieusement, les femmes regardaient cette porte qu'on ne rouvrait pas. Elles s'étiraient et s'agitaient dans un malaise. Laurence se fâcha même presque haut : « Ah ça ! est-ce qu'elle allait les faire poser longtemps? C'était pas permis de vous faire droguer ainsi, quand on avait une frousse pareille! » Madame finit par lever les yeux, elle demanda : « Mais qu'est-ce qu'elle fait donc? » Enfin Nina revint; elle avait les yeux fixes, la face exsangue, un tremblement agitait ses mains. Le docteur la suivait. Il s'approcha de la rampe et s'entretint avec Madame.

Lucie Thirache restait debout dans une hébétude désolée. Parfois, sous la longue chemise encadrant les tons d'ivoire de la peau, une secousse montait de ses jambes, la faisait se roidir. Et dans son esprit, les idées lentement s'associaient. Ainsi elle était prise, empoisonnée par ce mal qu'elle avait tant redouté. Elle était perdue sans remède. « Fallait-il être canaille tout de même pour infecter ainsi une pauvre fille, sans raison! Qu'allait-elle devenir? » Elle regardait le tapis, sans voir. Son corps semblait insensible; elle sentait seulement la pesanteur de ses mains au bout des bras ballants.

— Eh bien, ma pauvre amie, il va falloir nous quitter?

La patronne était devant elle et lui prenait les mains en une étreinte de commisération. Lucie, d'abord, ne saisit pas le sens de ces paroles, mais elle comprit qu'on s'intéressait à elle, et, un moment, elle considéra Mme Donard en souriant avec une douceur stupide. Puis, vaguement, elle eut une résonnance des mots prononcés et elle demanda, inquiète :

— Comment, nous quitter ?

— Mais oui, ma pauvre Nina ; tu le sais bien.

Elle se souvint : le règlement voulait que les femmes arrêtées à la visite, fussent conduites à l'hôpital, dans la journée. Aussitôt, cette idée d'hôpital la terrifia. Elle y voyait à la fois une prison, un lieu d'infamie et de torture, elle s'écria :

— Oh non ! Madame, vous ne me laisserez pas partir, n'est-ce pas ?

— Mais tu sais bien que je n'y puis rien, fit la Donard, étonnée de cette résistance.

— Oh ! gardez-moi chez vous ; vous me cacherez quelque part, où vous voudrez, mais pas l'hospice ; oh non ! pas l'hospice, je ne veux pas.

Elle éclata en sanglots. Sa terreur était au comble. Il lui semblait que si elle allait là-bas, tout serait fini ; elle mourrait seule, abandonnée à la merci des carabins, et, en un instant, toutes les accusations qu'elle avait entendu proférer contre les hôpitaux lui revinrent à la mémoire.

Elle se vit opérée douloureusement, battue par les sœurs, affamée; on l'étendait sur des tables de marbre à côté d'instruments tranchants, et l'image de son corps tout semé de plaques rouges, tout bossué d'ulcères, venait encore s'imposer à elle impitoyablement, augmentait son désespoir. Soudain elle se rappela une histoire contée par Léa; une patronne, à Paris, avait su soustraire ses filles aux investigations de la police. Elle se figura que la Donard avait le même pouvoir, et, pour la supplier d'en user en sa faveur, elle se répandit en objurgations :

— Oh! madame, je vous en prie, gardez-moi. Enfin c'est chez vous que j'ai attrapé ça, à votre service, pour vous gagner de l'argent. Dites? n'ai-je pas toujours été une bonne fille? Vous ne pouvez pas m'abandonner ainsi. Mon Dieu! mon Dieu! pauvre fille que je suis; pourrie à vingt-deux ans, pourrie à vingt-deux ans.

Les poings aux tempes, les yeux fermés, elle répéta plusieurs fois ces mots qui résumaient tout son malheur, tout son avilissement, toutes ses craintes. Puis elle se remit à pleurer, regarda la patronne qui semblait impatiente et faisait de grands gestes, en parlant au docteur prêt à partir. Alors Lucie lui jeta des phrases dramatiques qu'elle avait entendues autrefois au théâtre et dont la réminiscence venait s'imposer à elle tout à coup.

— Pitié! pitié! Vous ne pouvez pas faire ça, vous ne le voudriez pas!

Le docteur était descendu après avoir rassuré d'un signe la Donard bouleversée. Et maintenant cette femme se révoltait, parlant très haut à ses pensionnaires : « Mais on n'avait jamais vu ; cette fille était vraiment folle. Elle savait bien ce qu'il en était en se mettant en maison. Elle n'avait qu'à ne pas y entrer. Voyez-vous ça, elle, la patronne, aurait trimé pendant vingt ans pour arriver à faire fermer son établissement, afin de contenter les caprices d'une espèce qui se laissait communiquer la pourriture à plaisir ! On a beau être bonne on ne peut pas être bête ! Voilà qu'on lui faisait des scènes maintenant, comme si c'était elle qui donnait la maladie. »

Lucie Thirache, voyant l'insuccès de ses paroles, se perdit en une mimique exagérée. Elle se contorsionnait, se jetait à genoux, tendait les mains, se relevait.

Pour toute réponse la patronne commanda :

— Allons, va prendre tes affaires. Puisque tu n'es pas plus raisonnable, on va venir te chercher. Tu partiras tout de suite. Tu ne veux pas y aller ? J'y vais moi-même.

Elle entra dans la chambre de Nina.

Lucie s'était tournée vers ses compagnes qui l'examinaient l'air navré.

— Léa, Germaine, Emilia mes amies, je vous

en prie demandez qu'on me garde. Oh ! si vous
saviez comme j'ai peur. Je ne veux pas aller à
l'hospice, je ne veux pas... et la phrase s'acheva
dans des sanglots.

Les filles très émues pleuraient. La Donard
revint ; d'un geste elle renvoya les femmes, et,
s'étant penchée à la rampe, elle se retourna.

— Allons vite, il faut filer. On vient te chercher.

— Oh non ! ce n'est pas vrai, dites ? demanda
encore Lucie parmi ses pleurs.

Un agent parut sur la dernière marche, et
derrière lui, deux hommes en tabliers blancs
s'avancèrent vers la fille. A leur vue elle se recula.
Une colère, brutalement, l'envahit contre Madame qui l'abandonnait. Ses muscles se tendirent,
elle prit son élan pour s'élancer sur la patronne,
hurlant :

— Canaille, va !

Les infirmiers l'avaient empoignée, ils la retenaient dans leurs fortes mains. Lucie, féroce,
rageait, crachant à la Donard, qui haussait les
épaules au fond du couloir :

— Tu me le paieras. C'est de ta faute, grosse
vache ! Tu recevais toutes sortes de crapules
dans ton ignoble boutique. Oui, c'est de ta faute
je te la ferai fermer ta sale boîte : Tu y as
reçu des enfants qui n'avaient pas dix-sept ans !
Attends un peu que je sois guérie, tu en verras

de rudes, toi et ton grand maquereau de Donard.

Les hommes en tabliers blancs descendaient en l'emmenant, tachaient à maîtriser ses brusques mouvements. Elle, dans sa fureur, luttait, criait des injures. Ayant relevé la tête au bas de l'escalier, elle vit Léa, accoudée curieusement à la rampe et l'entendit se plaindre :

— Zut alors ! moi qui ai encore bu dans son verre, hier soir !

DEUXIEME PARTIE

I

A l'hôpital, Lucie Thirache d'abord se résigna. Il le fallait. A quoi bon faire la révoltée? Puis sa maladie l'occupait surtout. C'était sous les draps soulevés, une continuelle inspection. Elle tournait ses bras dans tous les sens, y voyait avec effroi grandir le nombre de taches roses, et, sur la poitrine, de mêmes taches saillirent.

L'aspect de multiples bouffissures violettes épandues partout, lui était une désolation. De ses mains elle écartait aux aines les plis de ses chairs grasses s'attentionnant aux moindres symptômes, avec une terreur pour la découverte d'une nouvelle tare. Et comme chaque jour les chancres se développaient, elle s'affolait, avait

des colères, se figurait que la plaie dans un
progrès constant, allait la percer toute, la faire
un amas de chairs pourries où cette purée
grise si répugnante fermenterait. Parfois une
horreur la prenait de cette vue puante; brusquement elle ramenait les draps au menton et fermait les yeux. Elle gémissait.

La sœur accourait :

— O ma mère, j'ai bien mal. N'est-ce pas que
ça a encore grossi cette nuit?

— Mais non, mon enfant; pourquoi vous
faites-vous de la peine comme ça? Restez tranquille, voyons; calmez-vous.

Avec un linge imbibé de teinture brune, la
religieuse mouillait doucement Lucie, apaisant
le mal.

La fille était heureuse de ces soins. Patiente et
soumise, elle avait intéressé le docteur, toutes
les gardiennes. On la dorlotait plus qu'une autre,
comme une grande enfant. Et, dans les heures
où l'obsédante pensée de sa maladie la quittait,
elle se sentait à l'aise, dans ces draps blancs,
entourée de ces personnes silencieuses et propres
qui l'aimaient, et certes la guériraient. Elle
goûtait un repos charmant après la vie bruyante
vécue au 7. Puis elle avait une vénération pour
la sœur que ses plaies ne dégoûtaient pas et qui la
pansait toute souriante. Pour lui plaire, elle
lisait le soir, une prière très longue, où elle

demandait à Dieu la grâce de se bien conduire.

Une distraction lui était venue. Elle s'était liée avec une femme couchée près elle, souffrant du même mal. Le matin, elles se regardaient l'une l'autre, avant la visite du médecin, et elles causaient :

— La tache, près de votre œil, va mieux, disait Lucie. Mais il me semble que vous en avez deux autres, ici; et elle marquait la place sur le front.

— Là?

— Oui. Faut-il qu'un homme soit ignoble tout de même, quand il sait qu'il est malade, pour vous fourrer une cochonnerie pareille?

— Oh! oui n'est-ce pas! c'est dégoûtant. Et sur le nez, je n'ai plus rien? Oh! vous savez, si jamais je guéris, vous pouvez être sûre, que jamais plus j'irai avec un homme. Ça, par exemple, c'est fini; sitôt sortie je me remets à travailler.

— Ah! quel métier faisiez-vous? Moi j'étais couturière.

— Tiens, moi aussi.

— Moi j'étais à Saint-Quentin.

— Ah! bien moi j'étais à Calais. Mais il y a longtemps. Un jour, j'ai tout lâché pour aller chanter dans un concert, à Dunkerque. Une jolie bêtise que j'ai faite là.

— Tiens, vous avez été chanteuse.

— Oh ! un sale métier, vous savez : il faut
s'éreinter avec des hommes qu'on ne connaît pas.
Si on n'y gagnait pas un peu d'argent, je crois
que j'aimerais mieux être femme de maison.

Lucie Thirache rougit, et, dans une peur honteuse, elle se mit à inventer une histoire très
compliquée : un jeune homme de Saint-Quentin,
dont elle se rappelait le nom par hasard, y jouait
un grand rôle.

L'autre femme parut s'émouvoir fort et, à son
tour, elle s'épanchait en confidences : elle était
allée à Dunkerque avec un chanteur qui l'avait
mise enceinte, lui promettant le mariage. Toujours, dans ses récits, cet homme devenait plus
méchant, jusque le trait dernier, où, ayant
volontairement attrapé le mal pour le donner à
sa maîtresse, il avait laissé la malheureuse
seule, à Douai, sans argent, déjà malade.

Une grande amitié unit les deux filles ; elles se
contaient leurs petites affaires, se soignaient tour
à tour. La voisine de Lucie s'appelait Dosia.
Dès le premier jour elle apparut une femme
pratique, apprit à sa nouvelle camarade des trucs
pour obtenir des suppléments. Elle savait feindre
une faiblesse, engageant le docteur à ordonner
des mets fortifiants. Lucie Thirache voulut pro-
fiter de ces subterfuges qui lui paraissaient
admirables, d'une femme tout à fait supérieure.
Et, la nuit, quand les douleurs au crâne, l'in-

flammation des pustules les empêchaient de leur
sommeil, ensemble, elles combinaient des moyens.
Dosia profitait de la faveur où Lucie s'était mise
et, toujours, la chargeait de parler la première.
Lucie ne demandait pas mieux, contente de
satisfaire à son amie et de rire avec elle tout bas,
très longtemps, quand le coup avait réussi. Elle
se persuada que Dosia lui était toute dévouée,
la trouva bonne, très aimante, se promit bien
de suivre ses conseils en tout cas.

Et leur maladie lentement décrût. Les taches
pâlissaient, prenaient maintenant une teinte cui-
vreuse. Des cicatrices oblitéraient les plaies. Le
médecin félicitait les filles de leur exactitude à
suivre ses recommandations et les prédisait
valides prochainement.

— Et, nom d'une pipe! elles pourraient refaire
la noce, et s'en donner à gogo, jusqu'au prochain
coup de pied de Vénus.

— Oh! jamais, qu'elles referaient la noce!
C'était bien fini à présent.

Le docteur s'en allait haussant les épaules,
riant. Mais les femmes, très convaincues, continuaient d'affirmer leur sagesse future et bâtis-
saient des plans vertueux : il n'avait pas l'air de
les croire, mais c'était bien vrai. Plus souvent
qu'elles se refourreraient sous la patte des
hommes; oh non, alors! Sitôt sorties de l'hôpital, elles allaient entrer dans un atelier et puis

travailler comme couturière. Et déjà, intermina-
blement, elles réglaient leurs dépenses, arran-
geaient une vie de sage travail et de joies tranquilles.

Elles communiquèrent ces idées à la sœur qui,
aussitôt, les encouragea : elles devaient remer-
cier Dieu des sages déterminations qu'il leur
inspirait. Bien sûr, aux prières qu'elle faisait
tous les soirs, Nina devait cette lumière du ciel.
Il fallait revenir à la religion : sans elle les
meilleures résolutions ne sont que vaines paroles.
Et, comme ce serait malheureux, si, plus tard,
la faiblesse de leur chair les faisait retomber
dans le vice. Mais Dieu les soutiendrait toujours,
leur donnerait la force de persévérer, si seulement elles voulaient se recommander à lui.

Il n'était pas possible qu'elles eussent oublié la
pratique des sacrements. Elles se rappelaient
certainement leur première communion. Elles
étaient pures alors, comme les saints anges.
Avaient-elles goûté de pareils bonheurs depuis
leur chute ?

Et la religieuse avait une douceur qui les touchait. Le souvenir de sa première communion
faisait larmoyer Lucie. Elle se revoyait dans la
Basilique, heureuse de sa belle robe blanche,
plongée dans une extase par la vue des cierges,
des enfants de chœur, par l'odeur exquise de
l'encens.

Sœur Sainte Thérèse venait s'assoir entre elles ; leur versait des paroles pieuses, et leur lisait l'Evangile pour les distraire.

Bientôt les voyant très attentives, elle leur parla de confession. Lucie Thirache et Dosia consentirent aisément. L'aumônier, un vieillard vénérable, reçut leurs aveux.

Dès lors la religion les prit toutes. Lucie rejeta son besoin d'affection sur Jésus-Christ, ce dieu qu'on leur montrait si bon, qu'elle voyait si beau, si délicat avec les femmes, si peu semblable aux autres hommes. Elle baisait le crucifix, elle disait à Dosia ses pieuses pensées en s'étonnant de la voir moins fervente. Mais son amie lui fit comprendre que la religion avait, pour elles, d'autres avantages. N'était-ce pas un sûr moyen d'être encore privilégiées et d'obtenir les meilleurs morceaux ?

Leur journée était toute de dévotion. Elles disaient des chapelets pour leurs parents, pour la sœur, pour la conversion du docteur.

Enfin Dosia, guérie, reçut avec son bulletin de sortie, l'ordre de se rendre à Arras où elle serait soumise aux surveillances de police. Ce furent des adieux émus : Les deux femmes s'embrassèrent longuement et promirent s'adresser des lettres.

Quelques jours encore, Lucie Thirache resta à l'hôpital, choyée par tous. L'aumônier, très fier de cette cure spirituelle, fit une quête en faveur de sa protégée. Il paya l'argent qu'elle devait à la Donard et la plaça dans un atelier de couture, œuvre pieuse, patronnée par les dames de la ville.

Lucie put enfin partir; et il y eut en elle, avec la joie d'être libre, un regret de quitter ce lieu où elle avait été si heureuse, une vague terreur d'être inhabile à un travail longtemps délaissé.

II

Tout bruit cessait dans l'atelier de couture. Sur la chaise, la sœur s'agenouilla et commença la prière du soir :

— « Au nom du Père, et du Fils et du Saint-Esprit, — Ainsi soit-il » répondirent Lucie Thirache et ses compagnes.

La religieuse continuait lentement, détachant les syllabes. Elle avait fermé les yeux, appuyé sa figure à ses mains jointes et, immobile sous les voiles, elle semblait perdue en une contemplation de la divinité.

Lucie Thirache, tâchait à copier ces attitudes. Elle enviait cette grande ferveur, aurait voulu, elle aussi, être très pieuse pour mériter le salut éternel. Car elle était bien coupable ! Quelle vilaine existence elle avait menée ! Et, sans une honte, sans un remords, tant sa dépravation était abominable! Quels remerciements ne devait-elle pas au Seigneur, pour lui avoir envoyé cette bienfaisante maladie? Monsieur le Directeur avait raison : c'était une miraculeuse intervention de la grâce. Sans ce mal, elle n'aurait jamais eu le bonheur de revenir aux saintes pratiques de la religion.

La sœur s'arrêta, ayant récité la première partie de l'oraison dominicale. Tirée de ses réflexions par ce silence subit, Lucie leva la tête et aperçut la salle d'un coup d'œil. Mais ses voisines avaient déjà repris l'oraison, et elle dut prier tout haut. Ses lèvres remuaient machinalement, sans qu'elle songeât au sens des paroles prononcées.

Elle regardait autour, dans un bien-être. Tout expirait le calme et la propreté laborieuse : la table supportant des pelotes hérissées d'aiguilles et d'épingles, des pièces de toile ; les ouvrières agenouillées dans leurs costumes uniformes, sans une tache, sans une déchirure ; la pâleur des grands murs badigeonnés, où se découpait nettement la croix brune peinte au-dessus de la chaire ; le bois ciré de la chaire ; la dame patronnesse gantée de clair jusqu'au coude, lisant en un livre couvert d'ivoire ; et aussi ce demi-silence, où s'élevait, seule, la voix mesurée de la religieuse, une voix adorante et humble. Quelle joie ! ne plus entendre

les plaintes des malades, ni les hurlements des
filles soûles, vivre béatement, sans un souci. La
guérison complète de son mal lui était accordée :
la nourriture saine de l'Œuvre l'avait rétablie.
Et puis plus de tracas d'argent, ne s'occuper
à rien qu'à son salut, qu'à sa dévotion pour la
très sainte Vierge, qui l'avait tirée de l'abîme
du péché.

Et la salutation angélique, qu'on allait dire,
confirma Lucie en ces pensées. Elle avait une
profonde vénération pour la Mère de Dieu ; cette
nature mystérieuse de mère, restée vierge, plon-
geait la fille dans une admiration respectueuse
et étonnée. A Marie elle avait adressé ses premières prières si tôt suivies de la grâce. Elle lui
en gardait une reconnaissance, la jugeant spé-
cialement dévouée à son salut.

Avec une scrupuleuse attention qui pesait et
méditait chaque mot, Lucie donna le répons de
la salutation angélique : « Sainte Marie, Mère de
Dieu, priez pour nous, pauvres pêcheurs ! »
Comme elle avait besoin de cette puissante inter-
cession ! Elle avait si gravement offensé Jésus
et si longtemps, qu'elle n'oserait l'implorer lui-
même. Pendant cinq jours, elle avait oublié dire
son chapelet. Et même la pénitence, imposée par
son confesseur, avait été accomplie à demi.
Malgré tout cela, elle n'avait pas craint de s'ap-
procher à la Sainte-Table, en un désir cupide

d'obtenir la croix d'or, promise par la dame
patronnesse, pour sa dixième communion. Mais
ce qui lui faisait redouter tous les tourments de
l'enfer, c'est qu'elle avait encore pensé à Léa.
Elle avait même été du côté de la rue Pépin pour
la revoir. Heureusement, une ouvrière de l'Œuvre l'avait rencontrée et conduite jusqu'à l'atelier... Jamais elle ne pourrait recevoir l'absolu-
tion, samedi ; et, cependant, c'était dimanche,
après la messe de communion, qu'on devait lui
donner le bijou. Elle était bien malheureuse,
inexorablement poursuivie par le Tentateur.
Elle ne pouvait réussir en rien. Elle serait
damnée.

On récitait les litanies de la Vierge, et la voix
des femmes montait en un concert d'éloges.

Sans cesse revenait à Lucie le souvenir d'un
sermon prononcé, la veille, sur les peines éter-
nelles. Et la peinture épouvantable que le prédi-
cateur avait faite de ces châtiments venait
l'effrayer, augmenter le désespoir d'avoir perdu
le bijou promis.

Ses yeux se mouillaient. Elle les gardait obstinément fixés vers le plafond blanc dans une
craintive attente de le voir s'entrouvrir pour une
apparition de la Madone courroucée. Et elle
répétait, larmoyante : « Priez pour nous, priez
pour nous ! »

Il lui semblait que chaque qualité de la Vierge

énumérée dans ces litanies, devait être un motif
de plus pour le pardon ; mais, à mesure que la
prière s'égrenait, sans qu'il vint un apaisement,
il lui semblait aussi que la grâce était perdue
pour toujours. Désespérément, elle attendait un
signe miraculeux qui assurât, sa requête accueil-
lie. Et bientôt le plafond se teintait de taches
mouvantes bleues, vertes. Lucie abaissait les
paupières, que lancinait un picotement insupportable, et les appuyait en ses mains. Elle
revoyait le plafond tout d'azur, comme un ciel
sans nuages, puis il rougissait, s'assombrissait ;
il devenait tout noir, avec un point lumineux,
brillant très loin, dans une ombre épaisse. Soudain ce point lumineux se multipliait ; des mil-
liers d'étoiles s'élevaient, disparaissaient, rem-
placées par d'autres, à l'infini. Lucie Thirache se
sentait pâlir et frissonner, presque s'évanouir.
Elle rouvrait les yeux précipitamment, croyant
à une mort proche, persuadée que Marie l'exau-
çait en l'appelant près elle. Mais elle retrouvait
la salle très calme, où psalmodiait toujours la
voix de la religieuse ; ses compagnes agenouillées ; la croix brune ; et, de son extase, il ne restait qu'une énorme tache verte dansant devant
son regard, s'interposant entre elle et les objets.

Elle s'abîmait en un béat orgueil.

Ainsi, manifestement, la Vierge lui avait promis assistance. Cette vision qu'elle avait eue était

un sûr garant de la bienveillance divine. Elle
serait sauvée, siégerait à la droite de Marie, parmi
les anges, et jouirait du bonheur céleste. Cette
marque de la bonté suprême n'avait rien, d'ailleurs, qui dut la surprendre. Elle avait tant prié.
Et puis, au 7 même, elle avait toujours eu un
grand respect pour la religion : elle était seule
à ne pas se moquer de la dévote Emilia ; elle
avait suivi plusieurs fois ses pieux conseils. Elle
commencerait une neuvaine pour cette véritable
amie, — dès demain, — car maintenant elle ne
pouvait plus ; cette apparition l'avait bouleversée,
fatiguée, ses genoux lui faisaient mal. Et faire
de nouvelles oraisons, à présent, serait abuser
de la mensuétude infinie.

« Mon Dieu, je viens vous offrir mon travail
et mes peines... » Lucie Thirache fut frappée de
cette invocation. C'était sans doute sa grande
application au travail qui lui avait obtenu la pro-
tection divine. Du reste aujourd'hui encore, elle se
coucherait tard ; huit mailles, au moins, étaient
échappées à son bas, et son pantalon s'était décousu :
elle sentait le bord rude de la toile lui couper la
peau. Elle avait encore faufilé cinq chemises ; la
dame patronnesse l'avait félicitée, lui avait même
promis l'établir un jour, si elle continuait à se
bien conduire. Cette dévote personne avait fermé
son livre et, les mains sur sa face voilée, elle poussait de petits soupirs, par intermittences. Le

chapeau, un amas de dentelles habilement chif-
fonnées, tremblait au moindre mouvement, et la
robe de peluche grenat avait des cassures arron-
dies que la lumière blanchissait. Une bien belle
jupe, qui devait coûter très cher, une couleur
seyant aux brunes. Elle-même, Lucie, avait eu
un costume de pareille nuance et Léon l'avait
trouvée charmante, ainsi vêtue. Quel contraste
avec les robes grises des ouvrières, leurs pèlerines
noires, cachant les épaules et la poitrine, et ces
pauvres petits cheveux qui frisottaient sur les
nuques inclinées, échappées aux bonnets blancs!
Pauvres filles! Comme elles devaient être mal-
heureuses, n'ayant même pas cette consolation
de se savoir soutenues par la Vierge très sainte.
Comme elle les plaignait. Elle devait être bien
laide, elle aussi, sous cette livrée lugubre. Qu'im-
portait du reste? Être gentille, c'était bon pour
plaire aux hommes; et elle n'y tenait plus...

Comme c'était vilain de penser à ces choses!
Elle allait encore retomber dans le péché;
ce serait bien mal, trahir ainsi la confiance
de Dieu, quand on venait de recevoir une si
grande marque de sa bonté.

La prière finissait.

Toutes sortaient en hâte, et, à la porte, les
bonsoirs échangés, chacune disparut d'un côté
différent.

Bientôt Lucie se trouva seule. Elle marchait

rapidement par les rues vides, très noires, piéti-
nant dans les flaques d'eau, qu'éclairait rarement la lueur tremblante d'un reverbère. Les
chansons hurlées par les étudiants, les gueu-
lades lancées par les artilleurs ivres lui faisaient
activer sa course, lui inspiraient la crainte d'être
accostée, peut-être reconnue. Il était bien triste,
aller toute seule ainsi, par la ville déserte,
sans une compagne. Elle mourrait de peur avant
d'arriver. Si au moins Dosia était avec elle !
Pauvre Dosia ! Elle restait à Arras, à s'ennuyer
bien fort sans avoir, comme elle, d'excellentes
personnes pour la conduire dans le droit chemin.
Un mois s'était écoulé depuis la réception de sa
dernière lettre, une lettre désespérée. Elle ferait
aussi une prière à son intention. C'était encore
une bonne action invoquer en faveur d'autrui.

Elle passa le pont, jeta à peine un regard de
chaque côté vers l'ombre, piquée par les feux
des bateaux. Le lampadaire, devant le Palais de
Justice, avait une flamme mourante qui n'éclairait pas. Un ivrogne s'affaissait contre les murs,
grognait, se soulageait. Le beffroi carillonnait
un air traînard ; ensuite il sonna dix fois. De la
place Saint-Pierre des refrains grivois arrivaient
en beuglements. Lucie Thirache enfila une petite
rue, s'enfonça sous une grande porte. Elle
chercha à tâtons le bouton d'un huis, finit par
le trouver, et entra dans une pièce sombre, où

brillait pauvrement une chandelle fumeuse. Sur un fauteuil de paille une masse grognante se remua, deux yeux luirent sous un bonnet sale :

— Ah! c'est vous, mamz'elle Thirache, il y a une lettre pour vous, je l'ai mise sous votre bougeoir, avec votre clef.

Lucie s'approcha à la table, découvrit une enveloppe rose, qui sentait le patchouli. Elle reconnut l'écriture de Dosia, et comme la masse ne remuait plus, exhalait seulement un ronflement gras, elle se pencha vers la chandelle, déchira l'enveloppe avec impatience, et parcourut huit pages d'une belle écriture.

III

Café-Concert

DES ALLÉES

Maison HUCHEZ

Consommations
de premier choix

BILLARD

Boulev. Crespel

ARRAS

—o—

Arras, le 9 mai 18...

« Ma chère amie,

« Depuis que je t'ai écrit je ne suis lus couturière, j'ai remercié la vieille dame où on m'avait placée par la raison qu'elle ne me payait pas assez et que j'avais toujours des raisons avec elle au sujet de ce que je regardais par la fenêtre. Alors je me suis mise chanteuse dans un concert où on

m'a tout de suite acceptée quand on a vu ce que
je savais ce qui fait qu'à présent j'ai repris mon
ancien métier. Je gagne huit francs par jour
c'est assez pour une femme seule et j'ai un grand
succès à Arras auprès des jeunes gens et la vieille
m'a joué un sale tour quand elle a vu que j'étais
chanteuse. Elle a dit à ma propriétaire qu'elle
me dise ne m'en aller par ce qu'on lui avait fait des
rapports que j'avais pas bonne conduite. Alors ma
propriétaire elle est venu me dire qu'elle ne pouvait
pas faire autrement parce qu'elle gagnait tout par
elle. On m'a mise à la porte ce qui a été très em-
barrrassant car les gens d'Arras ne veulent pas
louer aux femmes seules. J'ai couru dans toute
la ville à me faire refuser partout. Heureusement qu'un monsieur bien aimable a loué une
chambre pour moi en me garantissant, je n'ai pas
voulu coucher avec car je veux rester sage comme nous l'avons promis toutes les deux avant de
sortir de l'hospice et comme tu me l'as écrit encore dans ta dernière lettre.

« Enfin tout ça c'est bien embêtant. J'ai peur
que tu t'ennuyes toute seule à Douai comme ça
et que tu n'ailles pas bien. Il y a six mois que je
ne t'ai vue ça me semble bien long. Si j'étais
libre quelquefois j'irais te voir seulement je ne
suis jamais libre parce que je me couche très
tard et il faut que je me repose dans la journée
pour pouvoir travailler le soir. Tu viendras me

retrouver ici à Arras. Tu trouveras facilement
une place de couturière car les magasins ne man-
quent pas ou, si tu voudrais, tu te mettrais chanteuse avec moi car on y est très bien, tout le temps
on est libre à part le concert du soir même le
lundi on a la permission pour aller au théâtre.
J'y ai été lundi; on jouait *La Mascotte*, celle qui
faisait la Mascotte te ressemblait beaucoup, elle
était fort jolie et chantait très gentiment comme
toi. Hier il est venu au *beuglant* un monsieur de
Paris qui m'a dit que je chantais aussi bien que
les chanteuses de Paris qui chantent à la Scala et
il voulait me faire aller à la Scala. Mais j'ai
refusé car je compte bien que tu vas venir ici
chanter avec moi. Nous chantions très bien à
l'hospice quand nous allions mieux. La sœur
Sainte Thérèse était une bien bonne femme, tu
lui feras mes compliments si tu la vois. Ma maladie est guérie mais je reste sage tout de même car
je t'ai promis et je t'aime trop pour te faire de la
peine. J'espère que tu es aussi en bonne santé.
Si tu pourrais venir ici nous serions bien heureuses toutes les deux nous nous promènerions
tout le temps ensemble seulement quand nous
aurions soif nous ne pourrions pas aller prendre
une consommation dans un café car il est défendu
ici aux femmes d'entrer dans les cafés c'est un
bien drôle de pays. Mais si tu voulais me faire
plaisir tu viendrais tout de même je t'aimerais

bien assez pour te faire oublier tous ces embêtements. Avec 15 francs tu auras assez pour commencer car on trouve des robes pas chères aux
ventes du Mont-de-Piété et j'en ai acheté une
crème avec des paniers pareils et des entre-deux
de dentelle et j'en ai vu vendre une grenat pour
10 francs ce qui t'aurait très bien été elle m'a
fait penser à toi parce que je crois que c'est la
couleur que tu préfères. Si tu viendrais je t'aurais des costumes de soirée pour le concert à une
couturière qui est bien bonne fille car on n'a pas
besoin de payer tout de suite et elle avance les
fournitures. On lui paye seulement 3 francs par
semaine. Tu chanteras des chansons comme :
Ah! Cidalise, fais pas de bêtises! que tu chantais si bien à l'hospice. Et puis tu étais si gaie, que
vraiment ça me manque de ne plus te voir. Il
n'y a pas besoin ici pour être bien applaudie
d'aller avec les types car du moment qu'on boit
avec eux c'est tout ce qu'ils demandent parce
qn'il y en a beaucoup qui ont des maîtresses et
les autres s'en servent ce qui fait qu'ils ne courent
pas beaucoup après les femmes qui ne sont pas
d'ici. Je compte que tu viendras à la fin de la
semaine il y a une place de chanteuse de libre et
aussi une chambre de libre à côté de la mienne.
Si tu pourrais venir samedi ce serait bien commode tu débuterais dimanche et je suis sûre que
tu aurais un vrai succès. J'irai t'attendre donc à

la gare samedi soir à six heures et puis j'aurai
retenu ta chambre. Tu m'écriras si je dois prendre l'omnibus pour ta malle voici mon adresse :

« Mademoiselle

« Mademoiselle Dosia, artiste, chez M. Huchez
au Café des Allées entre la citadelle et le jardin
du gouverneur,

« Boulevard Crespel

« Arras (Pas-de-Calais). »

« Il y a tout près de mon hôtel une église toute
neuve qu'on a construite à cause d'un miracle
qu'il y a eu avec une chandelle. J'y vais à la
messe tous les dimanches. Tu irais tous les jours
si tu veux tu n'aurais pas de changement dans
tes habitudes.

« Au revoir ma chère amie à bientôt donc, je
t'embrasse mille fois.

« Ta petite Dosia qui t'aime beaucoup, beaucoup.

« DOSIA. »

« P. S. — J'attends une lettre tout de suite pour
que je puisse dire au directeur et au patron que
tu arrives. Surtout dis oui ou je ne t'aimerai
plus du tout. Excuse-moi si j'ai mal écrit,
j'ai un rhume de cerveau qui m'empêche de voir
clair. »

Cette lecture achevée, Lucie Thirache, dans une vague crainte de se raviser, réveilla la masse qui grogna plus fort, lui fit indiquer la place du papier et des plumes, se mit à répondre à Dosia qu'elle acceptait.

Le samedi suivant, elle arrivait à Arras, se jetait avec une joie pleurante dans les bras de son amie, qui l'attendait à la gare.

IV

Sous l'enseigne aux lettres déteintes : « Café des Allées » une porte cochère, baille à deux battants, découvrant, au fond du porche, du feuillage en touffes.

— C'est la baraque, indique Dosia, et cet après-midi on chante dans le jardin.

Lucie Thirache, trouva déplaisant l'aspect extérieur de cette bâtisse. Avec un regret, elle se retourna du côté des Promenades où jouait la musique militaire. Sous les rangées de maronniers, une foule grouillante et susurrante, une procession de pas, traînant sur le sable qu'étouffe parfois le mugissement de la mélopée cuïvreuse. Au centre, dominent les shakos des musiciens barrés de passementeries jaunes, et le bâton du chef, emmanché d'un gant blanc,

les dépasse, s'élance dans le vert tendre des
feuilles, s'engloutit à nouveau dans le bleu sombre des uniformes.

— Tiens le patron, fait Dosia.

L'homme est coiffé d'une calotte en velours,
une veste tricotée lui serre le torse ; il examine
les chanteuses, puis les appelle.

— C'est déjà l'heure ? demande Lucie effarée.

A leur salut, le patron répond d'un signe, l'air
maussade. Il ouvre cependant lui-même la porte
du café, s'efface et Lucie à peine entrée, s'ar-
rête éblouie, plissant les paupières. Par toutes
les fenêtres le soleil fait irruption, renforce les
ombres rétrécies, irise le pelage noir d'un épa-
gneul qui dort. C'est une débauche de lueurs,
un ruisellement d'aveuglants rayons, un tourbillon continu de poussières scintillantes. Cette
lumière, renvoyée à tous les angles par deux
glaces opposées, se darde, blanchit les murs,
les gradins d'une estrade, dore la paille des
chaises, se reflète sur le palissandre d'un billard.
Tout près Lucie, contre une des glaces, des
tablettes où flambe le miroitement des flacons,
où s'alignent, reflétant les fenêtres, des verres,
des bouteilles étiquetées de blanc, capuchonnées
de plomb terni. Et plus bas, le comptoir resplen-
dit ; il s'y entasse des faisceaux de cuillers, des
empilements de chopes ; un bassin de cuivre où
trempent des verres, étincelle.

Les deux miroirs opposés, réfléchissant les objets à l'infini, ouvrent de chaque côté de la pièce, d'interminables perspectives rompues par des caractères peints au blanc sur leurs faces polies :

Ce soir, *DIMANCHE* 16 *Mai*,

Débuts de Mademoiselle NINA,

Chanteuse de genre.

Le patron baissa les stores. Les filles accrochèrent leurs chapeaux aux patères de bronze, allèrent lisser leurs tailles devant les miroirs et passèrent dans le jardin vide encore.

Il était terminé par un espace circulaire encombré de tables et de bancs ; tout au bout se dressait, en manière de théâtre exigu, une scène couverte, bariolée de raies tricolores. Elle béait en plein vent sans abriter ses trois chaises, son guéridon de fer blanchi qui supportait un plateau d'étain ; sur la corniche, des lettres contournées voulaient dire : « Alcazar d'été ».

— C'est là-dessus qu'on chante ? demanda Lucie.

— Oui, ma fille, et puis, le dimanche soir, les musiciens se collent à notre place pour le bal ; parce que, vois-tu, on retire les tables et on danse.

Un piano était appuyé à la scène. Les deux

femmes y déposèrent les morceaux qu'elles devaient chanter.

Ainsi c'était là, pensait Lucie, que son sort se déciderait... Bah! ça n'avait pas l'air fort riche; les gens qui fréquentaient çà, ne devaient pas être difficiles. Et puis, tant pis, elle verrait bien.

Elle suivit Dosia sous les gloriettes qui encadraient le jardin en demi-cercle; puis, assise, près elle, se renseignait craintivement. Mais, au milieu d'une phrase :

— Tiens v'la le cornac.

Un petit brun, tanguant sur deux jambes torses, s'avançait suivi d'une femme maigre.

— Est-ce qu'il chante aussi ce paquet d'os? demanda Lucie.

— Mais je te crois, répondit Dosia, et du sentiment donc?

Dans l'allée le couple se sépara. La femme entra au café, le mari souriant, s'approcha aux chanteuses.

— Bonjour les poulettes, et il ricana de tout le corps en une contorsion aimable.

Il ouvrit le piano et disposa la musique.

Des gens entraient : un homme gros, cachant sa figure derrière l'énorme chapeau d'un enfant qu'il portait au bras; des femmes affichant leur sollicitude maternelle, tirant leurs bébés, soutenant des grappes de jouets; des ouvriers en redingotes luisantes, tambourinant sur les tables de leurs ongles violacés ; des jeunes filles, toutes habillées de noir, toutes coiffées de chapeaux bleu-ciel. Des militaires venaient s'adosser aux arbres, les pouces dans le ceinturon. Et, sur chacun, le directeur lançait un mot drôle qui tordait les deux chanteuses. Lorsque le nombre des consommateurs lui parut suffisant, il s'assit au piano, tapota pour allumer le public. Ses notes dominaient le bruit éloigné de la foule.

Mais, par degrés, le son des voix devenait plus fort mêlé aux tyroliennes hurlées par les voyous.

Les clients désertaient les Promenades, envahissaient en masse le jardin par toutes les portes.

Maintenant, les garçons couraient ahuris, portant des chaises, épanchant la mousse des chopes dans les cases de leurs corbeilles. Pressés de répondre aux appels incessants, ils rendaient vite la monnaie, fouillaient dans leurs poches en retenant les pièces blanches entre leurs dents. Les gloriettes étaient emplies et Lucie voyait les couples amoureux se serrer volontiers pour faire place aux arrivants nouveaux.

Sur un arbre le patron cloua un avis : « On est prié de faire silence quand on chante. »

Lucie souriait. Cette nouveauté la charmait; elle trouvait tout très drôle.

Mais Dosia qui était restée auprès d'elle courut vers un bosquet. Et la fille, restée seule, sentit comme une tristesse. Ainsi la chose était décidée : elle allait faire ses débuts. Et une appréhension croissante la poignait de cet événement prochain si grave, solennel. On allait rire d'elle, bien sûr. Elle serait gauche ; la voix peut-être lui manquerait. Puis la méchante vie qu'elle avait prise là, et sans réfléchir, oublieuse des tranquilles joies ! Elle éprouva un instant le furieux besoin de se sauver, de lâcher tout, ce *beuglant*, ce public sans doute moqueur, cette ville, de retourner à Douai pour demander pardon.

Le pianiste plaqua des accords. Dosia revint prendre place sur sa chaise et égaya son amie d'un regard railleur pour la femme maigre qui accourait dans une robe de soie rose très bouillonnée.

Le silence se fit sous les « chut » prolongés du patron, qui promenait parmi les bancs, sa mine sévère.

Dosia s'était levée. De quelques tapes, elle remit en ordre les plissés de son costume, et, se penchant vers le public, elle commença :

> Faut pas pousser des holà,
> Je m'appelle
> Mad'moiselle,
> Je m'appelle Mamzelile Nana
> De Zola.

Elle montrait du doigt son corsage rebondi,

étendait les mains, les frappait l'une à l'autre avec un rhythmique dandinement des hanches.

Quand elle acheva le troisième couplet, des bravos enthousiastes éclatèrent. Les soldats surtout s'évertuaient à bruire, ils se levaient et applaudissaient avec de larges ricanements.

Dosia, légère, descendit de la scène. Devant le nez de chaque auditeur elle passa le plateau, ponctuant ses demandes en secouant les sous.

— Eh vous, gros, vous m'oubliez.

— Oh! ma fille, je suis en dêche.

— Oh! là! là! pauvre homme, je vous plains. Et vous, c'est-il votre femme qui vous force à faire des économies ?

Lucie examinait et écoutait très attentive. Après tout, ils n'étaient pas bien difficiles, ces gens-là. Dosia était une brave fille, et très drôle; mais enfin, elle avait bien mal chanté. Cependant, une crainte vague encore lui demeurait.

A son tour, la femme du cornac se leva. Elle fit une révérence sérieuse, elle roucoula, en lençant de tendres œillades à la draperie rouge de l'Alcazar :

Gentil voisin,
Par le même chemin,
A travers les roses nouvé... éel... éelles
Sans crainte de les écraser,
Pour que ma réponse ait des ai... ailes
Je la remets dans un baiser.

Sans cesse son bras s'étendait dans un baiser
languissant. Une émotion profonde avait pris
l'auditoire. Des femmes, presque pleurantes,
gifflaient vigoureusement leurs bébés, pour faire
çesser un bruit de pantins frappés sur la table et
qui empêchait d'entendre. Le gros homme souf-
flait très empoigné, s'abritait toujours derrière
l'immense chapeau de son enfant.

Mais Dosia et Lucie s'attentionnaient à un
groupe de paysans blondasses emblousés court.
Ils regardaient l'Alcazar et les chanteuses dans
un ébahissement admirateur ; ils salivaient par
minces jets entre les bouffées de leurs pipes, puis
essuyaient leurs lèvres d'un revers de main.
L'un d'eux surtout hilarait les filles : un grand
au nez aplati dans la face joufflue, aux cheveux
jaunes, noircis par plaques, sous la pommade
figée.

— Oh ! mais regarde, Nina, son papa s'est assis
sur sa frimousse quand il est sorti du chou,
celui-là.

— Ben vrai, quelle tête !

L'homme se voyant observé, rougissait, buvait
coup sur coup pour reprendre un aplomb. Ses
camarades le plaisantaient, patoisant des syllabes
gutturales.

— Oh ! ch'est ti qu'elle ravise comme nô.

— Non, ch'est pas mi, ch'est ti.

— A ch't'heure, ch'est mi? Hé t'es sot, ch'est

ti, ch'est ben ti. Oh ! elle ravise cor ; comme elle t'a cher.

Lucie Thirache riait encore lorsqu'elle dut se lever pour chanter. Elle se remit très vite, et, tout d'un trait, avec une grande dépense de gestes et d'inflexions malicieuses, elle débita une scie dont les couplets, arrêtés brusquement au milieu d'une phrase, se terminaient par l'imitation d'une roucoulade de mirliton :

J'ai vu à l'Exposition
Des sommiers fil d'Ecosse,
C'est solide, j'dis pas non,
Mais j'crois qu'pour une nuit d'noces...

Et le mirliton reprenait. Après avoir hurlé cinq couplets accompagnés de clins d'œil provoquants, elle fit mine de descendre pour la quête, mais le public, dans un délire, se récria : « Bis, bis. » Ces bis se prolongeaient, étaient unanimes, couraient de bouche en bouche. Par instants le bruit s'apaisait puis, près la porte, une voix relançait le monosyllabe approbateur, qui, de nouveau, se répandait, frénétique.

Bronier, le pianiste, félicitait Lucie avec un enthousiasme galant :

— Allons, ange de mon âme, recommençons pour l'amusement des enfants, la tranquillité des parents. En voilà un riche début !

Lucie remonta sur la scène, chanta au milieu
d'un silence flatteur :

> J'vois un monsieur là-bas
> Qui boit sa chop' de bière,
> Sa femm', pendant c'temps-là,
> Est pt'être en train d'le faire...

Et quand le son du mirliton reprit, tous les
rires s'exhalèrent vers le gars à face aplatie,
que Lucie, en chantant, avait désigné du doigt.
Il devint bleu, puis très pâle, dut enfin s'en aller
malgré les instances de ses camarades, qui lui
criaient :

— Hé reste donc, hé sot. Tu vois pas qu'ch'est
pour rigoler un mollet.

Les rires recommencèrent. Ce fut un affolement, un succès énorme. Jamais Nina n'avait
été si heureuse, ni si fière d'elle-même. Étonnée d'abord d'avoir si bien pris les allures de
son nouveau métier, elle crut enfin que son
temps d'épreuves avait cessé : elle s'avoua qu'elle
avait un tempérament d'artiste. Et, tout en faisant danser les sous dans son plateau, devant les
consommateurs, elle songeait aux belles desti-
nées que ce jour lui devait ouvrir, se voyait déjà
cantatrice à Paris avec des princes pour amants.

A huit heures, Lucie ayant dîné, revint au
café pour le concert du soir. Portant, enfilé au
coude, un paquet de hardes; elle entra avec

son amie. De sa vie au bordel, elle avait gardé
une habitude, le besoin de sentir toujours une
femme près elle; et elle reportait sur la chanteuse ses tendresses natives, l'accompagnant
partout, admirant tout d'elle.

A grand'peine, sous le reluquage obstiné du
public, les deux femmes se frayèrent un chemin
dans la salle encombrée. Par une porte vêtue de
cet écriteau : « Entrée interdite », les chanteuses
pénétrèrent dans la loge. C'était une pièce irrégulière, fort petite, noire malgré le gaz. Aux
champignons d'un portemanteau, les costumes
de la représentation pendaient, un fouillis d'étoffes voyantes. Sur une table ronde, des cuvettes
veinées de fêlures; épars autour, des pots de
pommade, des savons, une guirlande de fleurs
artificielles.

Dans ce désordre, Dosia voulut trouver une
place pour les robes de Lucie; mais bientôt elle
s'impatienta, bousculant tout, renversa une
cruche dont l'eau se répandit.

— Zut alors ! On ne sait seulement pas où
mettre ses affaires. En voilà une sale boîte ! Et
les larbins, qu'est-ce qu'ils font donc ?

Lucie, retenant toujours son paquet dans les
mains, assistait aux colères de Dosia, sans parler,
avec la timidité souriante d'une nouvelle venue.

Elles se mirent à déballer les effets, très
soigneuses d'en secouer les plis.

Bientôt la femme du pianiste les vint rejoindre.

— Vite, dépêchez-vous, mes chères, c'est l'heure. Oh! j'ai une migraine ce soir! je ne sais comment je vais faire pour chanter.

Toutes trois, dans un déboutonnement rapide, découvrirent les blancheurs des bras, de la poitrine, et chacune revêtit son costume de soirée.

Quand elle se fut habillée, Lucie Thirache se mira. Sa poitrine nue se mouvait doucement, en l'étreinte d'un corsage de soie mauve. Un collier de velours mettait une raie sombre sur la peau blanche du cou. La courbe de ses jambes était moulée dans des bas noirs ornés aux chevilles de broderies d'or. Et la jupe rose descendait à peine aux genoux, laissant voir les dentelles du pantalon.

Lucie se trouvait vraiment gentille. Elle oubliait ses récentes pudeurs. Elle laissa tomber sur ses épaules le flot de ses cheveux châtains; elle les noua sur la nuque, d'un large ruban.

Et comme elle voyait dans la glace Dosia s'approchant, elle se retourna pour contempler son amie;

— Oh ! que tu es bien comme ça !

Au fond, elle pensait que Dosia, pour sûr, portait mal ses robes. Elle avait un corsage crème très décolleté; aux pieds, de hautes bottines blanches lacées de rose... Non, décidément, Dosia n'avait pas son chic.

Oh! ni madame Bronier, alors, avec sa robe de bal en soie grise, de longues mitaines sur les bras, un air de vieille bégueule tout à fait. Et comme ses os saillaient, semblaient craquer, malgré le soin qu'elle avait eu de s'élargir dans une ample jupe à paniers.

Les trois femmes achevaient leur toilette, lorsqu'un sonnement les appela. Elles revinrent au café. Elles montèrent sur l'estrade. Un regard jeté à la glace, un dernier arrangement donné à la coiffure, et toutes trois s'assirent, tournées vers le public. De nouveau, Bronier, avec un rythme enragé, entama la *Mascotte*.

Les refrains étaient lancés, à voix forcée, par les chanteuses qui voulaient être entendues quand même, malgré la musique du bal installé dans le jardin, malgré les interruptions fréquentes des clients pressés de se voir servir, malgré les continuelles entrées des sous-officiers en grande tenue, traînant leurs sabres. La chanson finie, c'est un remuement de chaises, un passage frayé à la hâte pour la quêteuse, un glissement sourd de bottes sur le plancher. Lucie passe en fredonnant, traverse les nues de fumée, attire les convoitises des mâles, en mettant sous leur nez ses bras parfumés de veloutiné. Pour tous, elle a un sourire aimable et, d'un gracieux merci, elle montre ses dents blanches lorsqu'un décime tombe dans le plateau.

Une réminiscence de ses anciens succès la rendait très hardie. D'un coup, elle avait pris les manières des autres chanteuses. Elle faisait son métier savamment, avec des câlineries et des ruses alléchantes. Au jardin, elle quête sous les gloriettes, parmi les danseurs. Un tour de valse, si le patron ne regarde pas, et vite, elle rentre pour vider le plateau dans l'escarcelle du cornac.

Vers neuf heures, le gloussement aigu des clairons, sonnant la retraite, s'entendit. Par instants, s'éteignait, puis reprenait plus fort et bientôt il assourdit la salle, faisant frissonner les vitres. Alors, tous ensemble, soldats et sous-officiers, vidèrent leurs chopes, se levèrent, creusèrent les ventres pour reboucler les ceinturons, et vérifièrent les matricules au fond des schakos. Ils sortirent après un dernier regard aux trois femmes qui trônaient sur la scène.

Leur départ attrista Lucie. Se tournant vers Dosia, elle les plaignit. Et, comme son amie l'écoutait à peine, elle lui reprocha son mauvais cœur.

Le café se vidait. Ménages et petites ouvrières, s'en allaient, la mine endormie, après un calcul compliqué de leurs gros sous.

Mais un bruit de chants, de sifflets, annonça une bande de jeunes gens. Ils entrent avec leurs maîtresses. Ils sont très ivres, ils crient, ils gesticulent, ils s'entassent aux pieds des chanteuses.

Dosia, qui allongeait le cou pour souffler à madame Bronier les paroles d'un couplet, se retourna vers sa camarade :

— Ça, c'est la haute gomme !

La nuit avançait, le pianiste accordait aux chanteuses épuisées de longs repos. Des fragments de conversation arrivaient à Lucie. On la commentait, on supputait le tarif de ses nuits. Habituée, par sa vie antérieure, à s'entendre ainsi marchandée, une appréciation élogieuse la flatta.

Dans un autre groupe, des vanteries étaient lancées, des énumérations de pièces abattues. Les jeunes gens s'injuriaient, déversaient, à plaisir, l'ordure des épithètes grasses. Ils se narraient aussi des tours joués aux filles. Lucie Thirache s'indignait à les écouter s'enorgueillir des amours non payées, volées. Leurs maîtresses, silencieuses, sirotaient leur boisson ou bien, tout bas, se parlaient, et quelques-unes, profitant de l'animation des disputes, adressaient, par dessus l'épaule de leur miché, des œillades entendues à d'autres hommes, installés plus loin. Lucie, dédaigneuse, les méprisa.

Maintenant, suffoquées par l'odeur montante de la fumée, étourdies par les exclamations bruyantes échangées de table à table, les chanteuses hurlaient sans conviction, impuissantes à dominer le tumulte.

Mais bientôt des officiers, des messieurs, vinrent payer du champagne aux artistes. On s'épancha en élégantes flatteries ; on sollicita tout bas la permission de reconduire ces dames. Puis les derniers couplets défilèrent dans un galop. Ils étaient remplis d'allusions, de coups d'œil, de sourires encourageants, auxquels les michés interpellés répondaient par d'autres sourires, d'autres œillades.

Aux demandes des hommes, Lucie d'abord n'opposa point un refus formel. En elle, des désirs se réveillaient. Mais le souvenir de sa maladie, les défenses du médecin la hantèrent. L'idée d'un nouveau séjour à l'hôpital, la terrifiait ; et, avec effroi surtout, elle se voyait forcée encore, en sortant, à travailler dans un atelier pieux... Oh ! pour rien au monde, elle ne reprendrait cette vilaine existence.

Au dehors, le bal finissait. Les danseurs en transpiration, envahissaient le café, traînant derrière eux des filles dépeignées. Tous se mirent à boire des chopes goulûment.

Et le concert s'acheva. Le piano fut refermé. Les chanteuses s'allèrent dévêtir.

Quand elles revinrent, des officiers restaient encore dans une attente. Sur le piano le cornac érigeait des piles de décimes et Madame Bronier, oublieuse de sa mimique sentimentale, surveillait l'encaissement des fonds. Elle comptait la recette, si attentive, qu'elle cherchait machinalement, sans les trouver, les boutons de son manteau, dans l'entremêlement des effilés.

Une interminable promenade commença dans la ville, le long des murs de la caserne, près les chaînes du marché aux chevaux. Lucie, enlacée par un officier, marchait lentement, se débattait sous les caresses, toute heureuse de se sentir serrée dans les bras d'un homme, après une si longue abstinence de baisers. Mais, à sa porte, elle lança un refus net, à peine mitigé d'une excuse : « Non, vous savez, faut pas m'en vouloir : je veux pas faire ça, pas plus avec un autre qu'avec vous. »

Vite, elle monta dans sa chambre, et s'amusa malignement à considérer, de sa fenêtre, l'allure piteuse de l'éconduit qui, la tête dans le collet relevé de sa capote, s'éloignait, battant l'asphalte.

Longtemps elle le suivit des yeux et, par degrés, sa moquerie s'éteignit. Elle plaignait ce jeune homme de retourner seul. Il y avait en elle comme un regret.

V

Un matin Dosia arrivait chez Lucie. Des
rideaux épais cachaient les deux fenêtres, et par
les fentes, un jour brumeux entrait en rayons
gris. Il s'étalait en éventail aux coins de la
chambre, éclairait vaguement le canapé presque
disparu sous un entassement de jupons, de
robes à volants crottés. Partout, dans la vaste
chambre, un grand désordre, une complète
insouciance d'embellir l'aspect des choses. Le
globe de la pendule renversé gisait à terre,
calé entre deux chaises; une eau savonneuse y
stagnait. Sur la cheminée, des épingles, des allumettes, de menus bijoux en argent. Sur un guéridon, un fichu de dentelle, cachant la soie d'un
parapluie, un corset noir à piqûres jaunes, une
houppette; il y avait encore un livre rouge, des

romances, la photographie de Judic, un flacon
coiffé de peau blanche.

L'absence de l'homme, l'indifférence de la fille
pour cette chambre, où elle ne faisait que dormir,
s'affichait jusque sur la toilette : des serviettes
sales, une natte de cheveux hérissée d'épingles,
une éponge s'y affaissaient.

Au fond, dominant ce désordre, le lit apparaissait à demi voilé sous des rideaux blancs, et,
la tête enfouie dans la mollesse de l'oreiller,
Lucie Thirache dormait, souriante, les bras éten-
dus, la peau moite, les seins à l'air.

Doucement, Dosia se glissa près elle, puis tout
à coup, avec une brusquerie espiègle, elle lui dit
dans l'oreille : « Oh ! la grande fainéante !»

Lucie, d'abord, eut seulement une moue ren-
frognée, elle souleva ses paupières lourdes et
murmura : « C'est toi ? » puis elle referma les
yeux, emmaillottant sa face dans les couvertures.
Dosia la voyant prête à dormir encore, courut
à une fenêtre, à l'autre, tira les rideaux, inonda
la chambre de lumière. Et revenue vers le lit,
elle prit à deux mains la tête de Lucie, se mit
à l'embrasser très vite dans les cheveux, sur
la bouche, sur le front. Bientôt son amie entrou-
vit les yeux avec une grimace boudeuse ; et
maintenant, la tête un peu relevée, les poings
ramenés sur les sourcils, elle baillait.

— Oh ! comme je suis fatiguée !

— Pourtant tu as assez dormi, voyons, il est midi moins le quart. Lève-toi, dis, tu veux? Nous irons à Blangy canoter un peu.

— Canoter? Des prunes, ma fille, et qui est-ce qui ramera? Tu sais, moi, je n'en veux plus.

— Oh! n'aie pas peur, ce ne sera pas toi.

— Et qui, alors?

— Ah! ça, je ne veux pas le dire.

— Oh! c'est ça, dis tout de suite que tu veux me faire-aller avec un type. Eh bien, merci, tu vas bien.

— Allons, voyons, ne te fâche pas. C'est pas ça du tout, d'abord.

Elle s'expliqua. Un officier, Émile, un beau brun, lui avait fait des propositions de vie commune; il était très chic, offrait sans cesse des robes, des bibelots, un tas d'objets chers. Aujourd'hui, il l'allait emmener pour faire une partie de canotage, et craignant que sa petite Nina n'eut du chagrin toute seule, elle était venue la chercher.

— Mais si ça t'embête tant que ça, tu sais, je m'en vais, et puis v'là tout.

— Oh, ça ne m'embête pas, voyons. Seulement, j'ai été tuée quand tu m'as dit, en arrivant, que tu venais me chercher pour canoter avec des types; moi, je croyais que tu voulais me coller un amant.

— Eh bien? Et après? Où donc que serait le

mal? Dis, t'as pas envie de rester toujours comme
ça, à faire ta bégueule peut-être?

— Moi? Pas du tout, seulement je ne veux
plus coucher avec des hommes, voilà!

— Et pourquoi?

— Tiens, parce qu'ils sont trop cochons. Et
puis, je suis malade, je veux pas crever pour
leur plaisir.

— De quoi, malade? Mais il y a longtemps que
t'es guérie, ma fille, tu sais bien que le médecin
te l'a encore dit l'autre jour. Ben vrai, je fais
bien la noce, moi; pourtant j'ai été encore plus
malade que toi, bien sûr.

— Oh! plus que moi, faudrait voir! objecta
Lucie.

Et longuement les deux femmes discutèrent
cette question. Le souvenir |des souffrances pas-
sées leur était un bonheur d'en être enfin déli-
vrées.

— Oui, oui, mais c'est pas tout ça. Sommes-
nous bêtes avec nos histoires! Viens-tu, oui ou
non? Dis?

— Mais non, là, je veux pas retomber malade.

— Es-tu sotte! Tiens, laisse-moi tranquille...
Ainsi aujourd'hui si tu voudrais, tu pourrais
faire un riche coup.

Et Dosia, avec des enthousiasmes, exhiba les
avantages de la bonne affaire qu'elle proposait:

Un ami d'Emile, officier aussi, Charles, un

garçon très riche, s'était enmouraché de Lucie.
Nina le connaissait bien, c'était celui qui buvait
toujours des menthes à l'eau...

Mais Lucie Thirache aussitôt, se récria : Non,
elle ne voulait pas, elle était très heureuse, dans
son actuelle position, elle serait certainement
beaucoup plus mal avec toujours un homme sur
le dos.

Dosia riait :

— Bah ! Tu verrais bien quel plaisir que t'aurais. Et puis, tu sais, si ça t'embête de chanter,
tu pourras lâcher le cornac; Charles paiera ton
dédit. Et il te donnerait tous les jours tes huit
francs. C'est rudement chic, ça, tu sais !

— Il peut bien les garder ses huit francs.
D'abord, j'ai pas envie de lâcher le cornac, j'aime
encore mieux faire ce métier-là que de m'embêter avec un miché.

— Oh oui ! marche toujours, tu dis ça maintenant parce que ça t'amuse de chanter. Mais moi,
ça commence à me scier le dos, un riche coup,
et je t'assure que, si Émile m'offrait ça, il n'y a
pas de danger que je refuserais. Si tu savais
comme je m'embête, ma pauvre fille, dans ce
foutu pays. Je fais que de bâiller toute la journée.

— Eh bien, et Émile? Il n'est donc pas drôle?

— Oh, Émile, il passe la moitié de son temps à
travailler ; alors il faut pas le déranger. Après

ça, c'est Charles qui vient, et puis ils causent d'un tas de blagues, que je n'y comprends rien ; de service, de chiffres, de plans ; est-ce que je sais ! Puis, quand je leur dis quelque chose, ils se foutent de moi et continuent à causer de leurs affaires.

— Pauvre chérie ! Tu vois bien que c'est pas drôle, d'être collée comme ça.

L'autre renchérit, énuméra toutes ses petites misères. Mais, Lucie, s'apitoyant, demanda pourquoi elle ne se passait pas d'homme. Dosia alors se remit à louer ce genre de vie, raconta des parties fines, des voyages, de longues journées passées au lit dans un spasme d'amour. Et, de nouveau, elle insistait sur son invitation, jurait que l'ennui venait seulement de ces trop sérieux entretiens qui cesseraient, quand elles seraient deux à les interrompre :

— D'ailleurs, s'ils continuent, reprit-elle, nous les agacerons tout le temps, à parler tout bas à nous deux. Ça met les hommes en rage, tu sais, ce sera très drôle. Ils sont si bêtes.

— Oh, ça, c'est rudement vrai ! S'ils savaient seulement combien on se fout d'eux !

Elles rirent beaucoup. Dosia s'était assise sur le lit et, elle baisait sa bonne Nina, tâchait à la convaincre par des calineries. Lucie Thirache, obstinément, refusait ; enfin, elle ajouta :

— Non, vois-tu, pas aujourd'hui ; il faut que

je me soigne, aujourd'hui. C'est demain la visite
et j'ai une peur bleue, deux jours d'avance.

'— Tu es folle, tiens ! Ah ! bien, voilà encore
quelque chose qui n'arriverait pas, si tu voudrais
te mettre avec Charles ; il connaît très bien le
commissaire ; il le voit tous les jours au café.
Ainsi, Emile, il va me faire décarter bientôt.
Eh bien, si tu voudrais, Charles te ferait décarter aussi.

— Oh ! ça, ce serait une rude veine ! s'écria
Lucie. Et elle insista, demandant si c'était bien
vrai. Mais, tandis que Dosia répondait, elle, déjà,
n'écoutait plus. Elle se voyait affranchie, enfin,
de cette sujétion humiliante, sans avoir à subir,
chaque semaine, la blague des carabins, la brusquerie du docteur. Et tous ces ennuis devaient
disparaître si seulement elle voulait devenir la
maîtresse d'un jeune homme très bien, un officier, un joli garçon. Mais, de nouveau, le souci
de sa bonne santé l'arrêta. Se coller avec ce type
n'était-ce pas s'exposer à une rechute du mal ?
Très hésitante, elle donnait à peine une molle
dénégation aux instances de Dosia qui, sans
cesse, lui répétait :

— Là, vrai, si tu ne veux pas venir je ne te
parlerai plus jamais. C'est pas la peine d'avoir
une amie, si elle ne veut pas se promener avec
vous. D'abord, ça ne t'engage à rien.

— Eh bien, soit, j'irai. Et si tu essayes de

me fourrer avec l'officier, tu verras un peu.

— Ah ! tu es bien gentille, fit Dosia, l'embrassant de nouveau, et, elle, sauta du lit, supplia :

— Allons, vite, ma chérie, habille-toi, nous
n'arriverons jamais.

VII

Lucie Thirache était devenue la maîtresse de l'officier Charles.

Elle s'était d'abord donnée à lui par calcul ; cette liaison était un moyen commode de remettre en ordre sa garde-robe usée et d'échapper à l'importune surveillance de la police. Et elle se promettait bien le lâcher après la réalisation de ces avantages. Mais, par degrés, à son insu, elle prit le goût de cette vie nouvelle. Elle découvrait chez son amant des qualités ; c'était un homme distingué, aimable, très gracieux et très beau dans le collant uniforme. Un orgueil de l'avoir conquis. Elle résolut l'accaparer et, pour retenir constamment l'officier, pour lui rendre agréable le séjour de la chambre commune, elle arrangea cette chambre avec un soin

minutieux. Les hardes furent pendues dans les
placards, les objets de toilette disposés en ordre ;
les chaises, les fauteuils, débarrassés du fouillis
qui les encombrait, luirent d'une propreté
soigneusement entretenue. Dans les panneaux,
Lucie accrocha des lithographies, figurant des
sujets militaires. Elle fixa aux murs, près la
glace, une double rangée de rateliers à pipes et,
sur la cheminée, entre la pendule et les candélabres, elle posa, en des cadres dorés, la photographie de son amant et la sienne. Au centre du
guéridon, le palissandre d'un porte-cigares à
musique rutilait entouré de cartes et de livres ;
la muraille, au dessus du canapé, était couverte
par une panoplie : deux sabres, des révolvers,
des armes d'Orient. Et Lucie cherchait à tout
enodorer, en répandant des fleurs à profusion.
Chaque jour de marché, dès le matin, elle allait
sur la place du Théâtre. Là, elle choisissait longuement des bottes de roses ou d'œillets sous
les regards amoureux de Charles, qui prenait
l'absinthe au seuil d'un café.

Elle-même s'attachait davantage à cet amour.
L'officier était désiré par toutes les femmes et la
fille vaniteuse s'apeurait au soupçon que Charles
la pourrait un jour quitter. Des ruses savamment inventées, d'assidues prévenances, avaient
pour but de le retenir aimant et soumis. Vite
elle avait compris que l'officier ne saurait avoir

pour elle les tendresses d'une intime passion. Jeune, vigoureux, il avait besoin d'une femme, un besoin tout charnel; et il voulait surtout être payé de ses dépenses par la satisfaction de son amour-propre. Les compliments que sa maîtresse lui valait, les envies jalouses qu'il excitait, lui devaient être de captivantes flatteries. Et la fille avait su devenir telle qu'il la désirait.

Elle était parvenue, sans efforts, à se donner les allures d'une mondaine habituée aux attitudes élégantes et froides, aux gestes d'une élégante correction. Devant les autres officiers, *au beuglant*, dans les réunions, elle se montrait réservée, prise de subites pudeurs. Elle souriait à peine, en rougissant, aux paroles grivoises. Elle-même parlait fort peu, avec une recherche et, lorsque par hasard, elle avait laissé échapper une expression sale, un silence sévère la tenait ensuite durant des heures en punition volontaire.

Charles conduisait souvent Lucie dans les lieux d'amusement public, enchanté du prestige qu'elle lui procurait. Le lundi, elle était au théâtre, installée aux secondes loges de face, vêtue d'une robe de soie blanche très luxueuse. Et, tandis que tous, curieusement, la considéraient, elle restait très droite, impassible, les yeux constamment tournés ou vers la scène, ou vers la loge de son amant. Parfois, seulement, secouée d'une joie folle, elle cachait son visage derrière l'éventail

et, sûre de n'être point vue, elle s'abandonnait,
signalant à Dosia les mines rouges et ahuries des
bourgeoises. Puis, elle reprenait un air grave,
redevenait sérieuse et digne. Aux entr'actes,
elle allait attendre son amant dans l'arrière-
boutique du pâtissier tout près le théâtre. Dans
la petite pièce soigneusement close, elle s'égayait,
riait très haut, se grisait de champagne, semblait vouloir racheter la contrainte qu'elle s'était
imposée. D'autres fois, Charles la menait, après
le concert, dans les bals champêtres. La foule lui
trouvait une morgue invariable. Elle refusait
se mêler aux danses, s'épanchait seulement tout
bas en moqueries souriantes, sur l'air gêné des
jeunes gens et de leurs grisettes. Mais, lorsque
l'orchestre avait achevé le quadrille des lanciers,
une grande partie du public quittait le bal et
Lucie restée seule avec les officiers et quelques
jeunes riches, conduisait alors une joyeuse sarabande. Toutes ses drôleries d'autrefois la reprenaient. Elle feignait une griserie, et cette griserie,
bientôt, s'emparait d'elle toute. Ses yeux s'allumaient, une chaleur lui montait aux seins, avec
des chatouillements. Soudain, elle était obligée
à cesser ses gambades; elle s'asseyait en croisant
les jambes, en se penchant pour échauffer le
froid insupportable qu'elle sentait au ventre. Un
malaise général lui donnait le besoin de remuer
sans cesse. Et, quand enfin les musiciens par-

taient, leurs cuivres sous le bras, enroulant des foulards autour de leur cou, elle empoignait nerveusement le bras de Charles, l'entraînait par les routes jusqu'à la ville, dans une fièvre.

C'est que Lucie, sous l'influence d'une vie nouvelle, était envahie lentement d'étranges désirs encore inéprouvés. D'abord, pour s'attacher l'amant, elle avait rappelé tous les souvenirs lascifs du 7. Elle avait cherché à provoquer les transports de l'officier, en simulant elle-même de pareils transports. Comme autrefois, elle prenait des poses alanguies, elle regardait l'homme amoureusement dans les yeux; et, pour lui être plus agréable, elle s'ingéniait à feindre des spasmes éperdus, qu'elle aurait voulu ressentir vraiment. Mais peu à peu, cette feinte de la jouissance lui avait donné comme un besoin réel; sa chair, longtemps soumise aux tempérances, s'était pour la première fois éveillée sous le brusque retour de pratiques érotiques. Auparavant, elle n'avait connu de l'amour que la joie de se sentir caressée, adorée, étreinte ardemment; elle avait ignoré toujours l'évanouissement suprême, et, maintenant, ces ivresses la prenaient enfin.

Il lui semblait naître à un monde inconnu d'ineffables plaisirs.

Bientôt la hantise de ces joies, l'attente du moment exquis devinrent ses uniques préoccupations. Elle ne pensait plus qu'à l'amour, saisie d'un étrange malaise, si elle en restait privée quelque temps. Abandon d'elle-même complet, voluptueux, à ce mal.

Et, à minuit, lorsque le concert s'achevait, Lucie dans une grande hâte d'arriver chez elle, prenait la manche de son amant, le forçait à courir pour rentrer plus vite. Dans la chambre, la porte à peine refermée, elle se collait à Charles, elle le serrait, elle l'entraînait sur le divan. Puis le couvrant de son corps, elle mordait ses lèvres goulûment, avait des baisers chauds où leurs langues s'enchevêtraient. Pour apaiser le froid qui la prenait, elle glissait les mains dans les amples manches du dolman. Sous les attouchements fiévreux de l'homme, ses yeux se fermaient, elle renversait la tête, elle se tordait, étirant les jambes, haletait par saccades. Alors la crise devenait plus forte ; c'était comme une pesanteur qui roulait dans son ventre, qui montait, laissant après elle un vide délicieux. Du corsage déboutonné en hâte, les seins jaillissaient. Et toujours l'étreinte devenait plus pressante jusque le moment où la fille s'affaissait, la bouche ouverte, les yeux noyés, proférant une plainte rauque.

Conscience reprise, elle se trouvait sur le lit, à demi déshabillée, au côté de Charles qui la considérait tendrement. Elle l'embrassait encore, puis agenouillée sur la couverture, se dépouillant de ses derniers vêtements, de sa chemise qu'elle lançait à travers la chambre dans une rage muette, elle se ruait sur l'officier, l'égratignait, le mordait, irritée par ses aveux d'impuissance.

Jusque le matin elle se roulait ainsi, puis, lorsque le jour en éveil envoyait des rayons anémiés dans la chambre, Lucie, éreintée enfin, s'abattait vers la ruelle pour s'avachir dans un sommeil lourd.

VIII

Lucie Thirache avait ouvert la fenêtre et, accoudée à l'appui, elle regardait la place du Marché devant elle. L'aube montante blanchissait la silhouette des maisons. La ville dormait. Nul bruit, sinon par instants le roulement d'une voiture, l'écho d'un pas dans le loin. En bas, la place déserte gisait. Un bouquet d'arbres, au centre, semblait une tache, d'un vert sombre, frémissante. Tout près la fenêtre, au-dessus des tables à poissons, le toit du marché étale un demi cercle d'ardoises et Lucie, levant les yeux, aperçoit au-delà les bâtiments de la caserne qui limitent la place : un mur de briques interminable, serti de travées en pierres blanches ; au coin du mur les barreaux d'une grille fermée contre laquelle un sergent adossé, semble dor-

mir; la capote brune où s'enveloppe une senti-
nelle passe, repasse, d'un pas régulier et lent.

Lucie regardait cette grille par où son amant,
tout à l'heure, était entré. Elle songeait : Charles
allait partir à Dunkerque, pour les manœuvres.
Elle resterait seule tout un mois. Comme elle
s'ennuierait! Plus de bal, plus d'amusement!
Finies les caresses, les heures passées au lit, si
folles en des étreintes. Avec Charles toutes les
joies allaient s'enfuir.

Au loin, le beffroi lance les premières notes de
son carillon, des notes hésitantes et lourdes.

Déjà cinq heures, pense la fille ; ils vont partir
bientôt.

Dans là caserne, il y eut comme un réveil. Le
sergent s'était dressé ; il avait ouvert la grille.
Et Lucie se penchant crut reconnaître son
Charles parmi des officiers rangés en cercle dans
la cour. Oh oui, c'était bien lui, le troisième, à
gauche, tournant le dos, celui à la plus belle
prestance. Elle le vit échanger des papiers avec
un gros à jambes courtes, puis entrer bien vite
dans le bâtiment. Cependant une rumeur vague
s'élevait, comme un bruit de mouvements hâtifs.
Des fenêtres s'ouvrant encadraient les têtes en-
sommeillées de soldats, qui serraient leurs gorges
en des cravates bleues. Et de nouveau les cla-
meurs s'apaisérent; la cour redevint déserte. Il
se fit un silence.

Lucie rentra dans la chambre. Elle examina le lit, les oreillers déjetés, une cigarette oubliée sur la table. Elle se rappela cette dernière nuit, une nuit d'adieux qui avait été un long embrassement. Sans doute Charles lassé aurait peine à faire un si long voyage. Mais aussi comme il pourrait se reposer à Dunkerque. Plus de femme, là, pour supprimer son sommeil. Le pauvre garçon! Lui qui aimait tant se serrer à elle!

Elle dormirait seule, elle aussi ; comme ce devait être ennuyeux ne plus se voir aimer, ne plus sentir en dormant le contact des lèvres fines collées à sa chair. C'était bien fini. Tous deux allaient rester sages durant un mois. Oh! certainement elle resterait sage, elle n'y voulait point même songer. L'idée d'une infidélité faite à Charles lui paraissait monstrueuse.

Elle entendait le bruit gagner la place, grandir. C'était comme des tâtonnements musicaux, des sons de clairons, d'abord très courts, à de longs intervalles, ou sans fin prolongés; des coups de tambour répétés ; une rumeur de pas et de voix.

Lucie reprit sa place, à la fenêtre. La cour maintenant était envahie : une foule rouge et bleue s'y pressait; des commandements étaient clamés.

Mais, si elle restait seule, comme ça, à Arras, lui, peut-être, se collerait là-bas avec une autre

femme ; puis, au retour, il la pourrait lâcher,
qui sait? oh! mais non, elle ne le voulait pas.
Elle l'irait rejoindre sûrement dans quelques
jours, malgré sa défense. On les connaissait leurs
défenses ; un prétexte pour se débarrasser d'une
maîtresse, pour lui faire des queues.

Subitement le tumulte cessa dans la caserne ;
et bientôt, clairons et tambours éclatèrent,
mariant leurs sons dans une mélopée invariable,
qui par instants semblait vouloir s'éteindre et
de nouveau re....issait infinie. De la grille, les
lignards débouchèrent dans une marche automa-
tique avec un rythme de pas cadencés, frappant
le sol régulièrement. Ce fut d'abord l'avant-
garde, une double rangée de soldats à barbe,
la nuque courbée sous les rouleaux des toiles
à tente ; puis venaient les tambours qui, du
genou, à chaque pas, lançaient leurs caisses
en avant ; puis les clairons enflant leurs joues
sur l'embouchure des cuivres. Deux coups de
grosse caisse, un court silence, et, tout à coup,
sous la grille, la fanfare mugit, emplissant la
place de sonorités brutales.

Le régiment défilait, interminable ; un va-et-
vient continu de manches bleues. Lucie voyait
les soldats s'avancer, piétiner derrière le bouquet d'arbres, puis tourner, s'engager dans la
rue de Châteaudun, à droite. Elle les suivait des
yeux, curieuse, apercevait leurs dos alignés, les

peaux fauves des sacs, les gamelles brillant sous les premiers rayons de lumière.

Oui certainement, Charles allait faire la noce loin d'elle; il l'oublierait. Les hommes, c'est si faux! Sans compter que toutes les femmes l'aimaient, lui. Oh! pour sûr, elle le rejoindrait! Et ses yeux revenaient à la grille, dans une impatience. Il ne sortirait donc pas? Comme il tardait à passer! Oui, mais s'il croyait se débarrasser d'elle ainsi, il se mettait le doigt dans l'œil, un peu. Ah! ça mais, il ne viendrait donc jamais?

Les officiers courbés sur l'encolure dandinante de leurs chevaux, dominaient les têtes des soldats ficelées de jugulaires, cachetées de rouge. Les lieutenants s'avançaient, les pélisses relevées sur l'épaule, pour laisser libre le balancement du sabre au bout d'un bras galonné.

Enfin, Charles passa, flanquant une compagnie; et, dans un sourire d'adieu, il sembla vouloir, une dernière fois, appuyer ses recommandations. Lucie, d'un signe, le rassura. Elle regarda longtemps, le vit entrer dans la rue, disparaître. Elle rentra dans la chambre et tout à coup, courut à la table pour vérifier le nombre des louis que Charles et Emile avaient laissés, afin de satisfaire aux créanciers communs et à l'entretien des deux femmes. Un souvenir lui était venu d'avoir bousculé le guéridon dans la hâte de son lever et, très inquiète, craignant qu'une pièce ne

se fut égarée, elle recompta l'argent plusieurs
fois. Elle pensa qu'on lui avait donné une sale
corvée, dont on aurait bien pu charger Dosia.
Mais, ayant réfléchi qu'elle avait acquis la confiance des deux hommes elle fut bientôt très
flattée, heureuse de surpasser son amie en quelque point.

Non, décidément, elle n'irait pas à Dunkerque ;
son obéissance justifierait cette confiance qu'on
lui montrait ; elle suivrait les conseils de Charles,
resterait à Arras, bien sage, sans bouger. Après
tout, ce n'était qu'une affaire de vingt jours, au
plus. Elle pouvait attendre. Et puis, c'était la
promesse d'un libre repos ; et, souriante, elle
confessa qu'elle en avait grand besoin. Une dernière fois, elle se remit à la fenêtre. Les sons de
la musique s'éteignaient ; elle percevait encore
les roulements des tambours, la cadence des pas.
A l'entrée de la rue, elle vit le dos arrondi du
major, coupé d'une bandoulière rouge, la croupe
de son cheval que la queue balayait. Elle suivit
le cahotement des voitures régimentaires, aux
bâches vertes tremblotantes ; et la place se
vida, reprit un air morne, ensommeillé. Mêlée
aux derniers bruits lointains du régiment en
marche, une rumeur murmurante montait lentement dans la ville.

Lucie Thirache se recoucha, dormit toute la
journée.

IX

Après le départ de Charles, on vécut doucement, dans une somnolence béate. Les nuits de spasmes avaient épuisé la fille. Ses crises hystériques s'étaient atténuées, plus rares, et ce fut d'abord pour elle un étrange bien-être, dormir seule, longtemps. Elle restait au lit jusque l'heure du dîner. Le soir, elle chantait paresseusement, impatiente de rentrer vite chez elle pour reprendre son sommeil. Elle était vraiment heureuse ; elle n'avait nul souci, elle ne devait plus orner les meubles, acheter des fleurs et des bibelots, veiller sans cesse à réjouir son amant. Ses rêveries elles-mêmes étaient devenues plus vagues. A peine, par instants, quelque regret des joies enfuies, et vite, ces impressions s'effaçaient ; elle retombait dans sa torpeur satisfaite.

Seule, la perspective du retour de Charles lui
apparaissait toujours comme un événement désirable. Un jour, bientôt, elle les retrouverait ces
infinis plaisirs ; et, sans doute, ce repos absolu
durant un mois, lui rendrait meilleures les
caresses.

Ainsi elle vivait, engourdie, contente.

Mais elle fut distraite de cette insouciance par
l'arrivée d'un comique engagé pour la saison
d'été. Il s'intitulait Cretson, comique danseur,
et à la porte du café-concert, il avait fait établir
un cadre contenant dix-huit photographies de sa
personne dans dix-huit poses et dix-huit costumes
différents. Cet homme, aussitôt, était devenu
l'ami des deux chanteuses, et Dosia, venant chez
Lucie, s'accompagnait toujours de ce collègue
nouveau. Décidément, il était très drôle, amusant au possible. Dans une figure vieillotte,
ridée, complètement glabre, deux petits yeux
clairs sous des arcades sans sourcils. Ces yeux
s'écarquillaient en folles grimaces sur un nez
aplati, souligné d'une bouche énorme sans cesse
remuante. Point d'âge, peut-être point de sexe.
C'était dans la chambre de Lucie, un esclaffe-
ment continu des deux femmes, lorsque Creston,
se promenant de long en large, allant du lit au
canapé, agitant ses jambes moulées en un pantalon mauve, sautillant, lâchait un flot de paroles.
Il jacassait de tout, il déballait une érudition

étonnante. Ses paroles dévalaient sans arrêt, avec des inflexions grotesques, des calembours, une débauche de cris et de gestes. On n'était pas plus drôle. Lucie et Dosia s'émerveillaient, riaient, s'indignaient, craignaient l'interrompre, toutes à l'admiration de ce bagou. Et, lorsque l'homme était parti après avoir siroté plusieurs verres de punch ou de café, les deux femmes débordaient en éloges. Elles se communiquaient les mots retenus, leurs surprises joyeuses, ressassaient les plaisanteries du comique.

Insensiblement, Cretson devint pour Lucie un compagnon nécessaire ; elle avait un besoin de l'entendre toujours. Et la fille eut une vraie douleur lorsque, un beau jour, il quitta la troupe, après une dispute très chaude avec Bronier. Il partit sans même dire un adieu aux chanteuses.

Lucie, restée seule encore une fois, voulut reprendre sa vie paresseuse de sommeil et d'avachissement. Mais la société du comique lui avait donné une irrésistible envie d'avoir quelqu'un près elle. Elle ne pouvait plus dormir. Elle s'ennuyait affreusement au lit. Son existence lui apparaissait maintenant très vide, d'une monotonie désolante. Dosia elle-même ne la distrayait plus, cette fille s'était liée avec Madame Bronier qui, dans une toquade de vieille femme trop chaste, la poursuivait partout, et la comblait de cadeaux. Lucie, séparée de son amie, sentait croître encore l'ennui. Un désespoir. Elle sentait naître en elle, et, malgré elle, une mauvaise humeur étrange. Une alternative constante de subits désirs et de subits dégoûts, lui faisait craindre que son caractère ne devînt versatile. Et, à des intervalles de plus en plus rapprochés, le frisson amoureux la saisissait.

Elle comptait les jours, parfois elle songeait à lâcher le *beuglant* pour rejoindre Charles. Elle éprouvait un besoin croissant de l'homme.

X

— Savez-vous que ça devient assommant votre baraque, Monsieur Huchez ; il n'y a plus un chat, déclarait un soir Lucie Thirache.

— Oh ! dame, que voulez-vous ? C'est la morte-saison ; c'est pour moi comme pour vous, n'est-ce pas ?

Elle vint s'asseoir, découragée, aux côtés de Dosia, qui babillait avec la directrice. Elle voulut se mêler à la conversation, mais ces dames échangeaient des souvenirs sur des lieux où elles avaient demeuré, et Lucie fut vite ennuyée, avec un mépris pour son amie, qui servilement écoutait les révélations de Mme Bronier sur Boulogne, une sale ville.

Dans un coin, de tout jeunes gens, des collégiens sans doute, fumaient d'énormes cigares et

s'allongeaient des coups de badine sur les jambes.
A tous, Lucie désœuvrée trouvait un air bête.
Elle regardait la salle, passait en revue les murs,
les becs de gaz, les tables. Elle héla le garçon, se
fit apporter une absinthe, puis, ce furent des
soins infinis à confectionner le breuvage : elle
leva très haut la carafe, prenant intérêt à voir
s'opaliser l'émeraude de la liqueur. Elle chanta
à son tour avec une nonchalance, simulant des
efforts pour se mettre debout. Puis, elle sortit
avide d'air, agacée.

Dans le café, près l'estrade, elle aperçut, en
rentrant, un jeune homme installé. C'était un
des habitués les plus bruyants de la bande riche.
Dans un grand besoin de conversation, Lucie
courut à lui :

— Tiens! vous n'êtes pas au bal, vous, on m'a
dit que tous vos camarades y étaient partis.

— Oh non, j'ai pas pu y aller. Je me suis fait
une foulure.

Levant la jambe, il montra son pied emmaillotté.

— Tiens! où est-ce que vous avez attrappé ça?

— C'est en sautant par-dessus des rosiers dans
le jardin de ma cousine. Il y a un parterre qui
en est plein. Alors j'ai voulu sauter. Puis je ne
sais pas comment que ça c'est fait; probablement
que je suis mal tombé.

— En v'là une idée aussi, de sauter par-dessus
des rosiers!

— Peuh! Je saute souvent bien plus haut que
ça. Oh! mais on a du jarret, vous savez.

Et il montrait ses cuisses énormes, étroitement
serrées dans un pantalon rougeâtre.

Remontée sur l'estrade, Lucie examina le
jeune homme avec une admiration pour sa force
musculaire. Elle le considérait minutieusement.
Là, vrai, c'était un garçon joliment solide. Elle
voyait son dos voûté, très large, tendant l'étoffe
d'un veston vert, son col épais, sa petite tête,
sous des cheveux couleur de chanvre; des mains
carrées aux doigts courts; des poignets forts.
Oui, c'était un fameux gars, bien laid, par exemple, avec son nez interminable qui semblait écraser une petite moustache blondasse, et des yeux
bêtes, d'un bleu sale, cernés en des paupières
rougies. C'était dommage, un homme si bien bâti.

Un désir la reprit de causer :

— C'est à vous cette chaîne? Est-ce qu'elle est
en or?

— Ça; et, s'approchant encore à l'estrade, il
montra l'objet.

— Tiens, il y a un G sur le médaillon : vous
vous appelez Georges?

— Tout juste.

— Oh! comme c'est lourd : ça doit coûter
cher, hein?

— Je ne sais pas, c'est ma cousine qui me l'a
donnée.

— Ah! Elle est jeune votre cousine? demanda
Lucie, intriguée de voir ce nom revenir sans cesse
dans les discours de l'homme.

— Ah oui! jeune! c'était comme on l'entendait ; pour une corneille, c'était l'adolescence ;
enfin elle avait cinquante-deux ans.

Ils rirent beaucoup. Une familiarité naissait
entre eux.

— Prenez-vous quelque chose? offrit-il.

— Volontiers : Jacques, une fine.

— Et à moi une chope? oui, une chope.

Lucie interrogeait Georges sur ses camarades
ordinaires. Lui, tout en buvant, donnait des
détails. La fille était charmée de l'entendre accuser l'un et l'autre. Il devait avoir raison ; tous
maintenant, lui semblaient ridicules. Georges,
tout à coup, lui dit :

— Mais vous devez joliment vous embêter, ici,
maintenant ?

— Oh pour ça, oui ! Elle narra ses ennuis sans
fin. Son amant était parti aux grandes manœuvres, elle restait seule avec Dosia, dans un trou
comme Arras, une ville infecte.

— Bah ! c'est parce que vous ne savez pas vous
y amuser. Moi, toutes les après-midi, je vais en
voiture à la campagne, à Baurains vous savez,
dans la propriété de ma cousine. Elle n'y est
jamais ; ça fait que je m'amuse tant que je veux.
Vous devriez bien venir avec moi, un jour ; ça

fait que ça vous distrairait. Voulez-vous que nous y allions ensemble demain ?

— Eh bien, et mon amie? je ne peux pas la laisser seule.

— La grosse, là-bas, Dosia? Eh bien vous l'emmènerez ; plus on est de fous plus on rit.

Dosia, consultée, ne demandait pas mieux ; seulement elle craignait être vue, avait peur qu'on ne racontât l'histoire à Emile et à Charles.

— Bah! Ils n'en sauront rien ! Et puis, d'abord, il n'y a pas de mal.

Elles acceptèrent avec un remerciement.

— Alors c'est entendu, n'est-ce pas? Demain, à deux heures, à la porte Ronville. Bonsoir.

Lorsqu'il fut sorti, les deux femmes se regardèrent un instant. Et Nina, devinant une question dans les yeux de sa compagne, la rassura en riant :

— Oh non ! alors, il n'y a pas de danger ; tu ne l'as donc pas regardé? Oh non ! il est trop laid et puis trop bête !...

XI

Par un après-midi de soleil, Dosia marchait pensive dans la rue des Gaughiers. Elle était allée passer une semaine à Bourges, espérant trouver une place pour elle-même et pour Nina, dans cette ville où les deux officiers, leurs amants, devaient bientôt tenir garnison. Et, désolée au souvenir de son insuccès, elle longeait les maisons de la rue, dans une hâte de conter tout à son amie. Au coin du Marché-aux-Poissons, elle tourna, passa devant les pierres d'étal où gisaient encore des détritus puants ; puis, enfilant le couloir sombre, elle monta chez Lucie. La clef était sur la porte. Elle ouvrit et, au premier coup d'œil, elle tressaillit, surprise. Sous la table un chien s'étirait, la regardait de ses yeux sombres, remuait la queue. Au mur un fu l ;

une carnassière étalée sur le guéridon et, sur le parquet, de grosses bottes embouées. Effarée, elle s'avança vers le lit, et son étonnement alla au paroxysme en découvrant la blafarde figure de Georges, le jeune homme de la partie de campagne. Lui aussitôt s'écria :

— Tiens ? Je croyais que c'était Nina.

— Où est-elle ? demanda brièvement la chanteuse.

L'homme avait lâché son journal et, la pipe à la main, il la fixait de ses yeux bêtes, bordés de rouge.

— Je l'ai envoyée chercher du rhum au café à côté, vous savez, au coin de la rue.

— C'est bon ; je vais la rejoindre, grommela Dosia.

Elle fit claquer la porte avec bruit, descendit l'escalier et se heurta dans la rue à Lucie qui revenait.

— Tiens ! te v'là ? fit celle-ci, essayant tendre les mains sous ses paquets.

Mais l'autre, sans répondre à ce geste, clama furieuse :

— Tu es folle, n'est-ce pas ? C'est idiot ce que tu fais là. Comment, tu as un amant qui te donne tout ce qu'il te faut et tu lui fais la queue comme ça, avec le premier imbécile venu ! Ben vrai, si on m'avait dit ça ! Tu devrais pourtant faire un peu attention à toi, après tout ce qui t'est arrivé !

Lucie Thirache resta étourdie sous ces reproches, répétant :

— Ben, quoi ? Qu'est-ce que t'as ?

— Oui, oui, tu sais bien ce que j'ai. Et cette espèce d'abruti qui est là-haut dans ton lit ?

Alors Lucie, injuriée, se révolta :

— Abruti ! Il l'est moins que toi, abruti, pour sûr ! Et puis, d'abord, est-ce que je suis pas libre ? Ça te regarde pas. Et puis, t'as pas besoin de gueuler comme ça, pour ameuter le monde.

Soudain elle se radoucit, donna des raisons. Elle s'en fichait pas mal, elle, de son amant. Il pouvait bien la lâcher. Elle saurait en trouver d'autres ; des hommes, ça avait toujours besoin de femmes. Et, avec une désinvolture insouciante, elle ajouta :

— Et puis, tu sais, tant pis. Moi je m'embête, je veux m'amuser un peu. Si tu crois que c'est drôle de rester toujours seule. D'abord, j'ai besoin d'hommes ; vois-tu, ça m'a repris.

— Va rejoindre Charles.

— Et de l'argent?

— Tu en prendras sur celui qu'ils ont laissé.

— Oui, je t'en flanque : n-i ni, c'est fini ! Il n'y en a plus. Tiens, je viens de changer la dernière pièce de cinq francs, il reste douze sous.

— Tu as tout payé au moins?

— Mais non, tu es sotte ! Je l'ai dépensé, celui-là et puis d'autre encore. Depuis que tu es partie,

Charles m'a encore envoyé de l'argent, je lui avais écrit des blagues, il a mangé la carotte; et puis, je viens encore de lui écrire, il y a deux jours, que j'avais perdu mon porte-monnaie, qu'il me fallait de l'argent tout de suite; même que ça m'épate joliment qu'il ne réponde pas.

— Eh bien, vrai, ma fille, tu vas bien. C'est du propre. Et comment que t'as fait pour dépenser tout cet argent-là?

— Est-ce que je sais moi? C'est parti tout seul... Ah! d'abord j'ai payé le cornac.

— Payé quoi?

— Mon dédit donc. Tu ne sais pas : j'ai lâché la compagnie de plusieurs crans. Oh! j'en avais plein le dos à la fin, ce qu'on s'y embêtait dans cette baraque-là!

— Ah! tu ne chantes plus. Allons, c'est très bien; tu espères vivre de tes rentes, comme ça? Et le reste de l'argent, qu'est-ce que tu en as fait?

— Rien, je te dis. J'ai fait la noce avec Georges. Et puis, nous avons bu du champagne... Ah! tu sais que nous sommes allés à Lille, avant-hier, pour voir une actrice de Paris qui joue rudement bien, j'ai pleuré tout le temps. Et puis après, j'ai acheté une boîte de cigares, il n'en restait plus de ceux de Charles. Oh! il va faire une bonne tête Charles quand il reviendra!

Cette idée l'égaya fort. Pour s'expliquer plus

à l'aise, elle avait déposé sur l'appui d'une fenêtre
les bouteilles et les paquets qui encombraient ses
mains; et elle pirouettait, riait, amusée par
l'étonnement de Dosia. Celle-ci continuait ses
reproches. Non, vraiment, elle n'en revenait pas.
Ce n'était plus sa petite Nina d'autrefois, si sage,
si disposée à bien faire. C'était rudement bête de
se laisser enjôler comme ça par un pareil type.
Et elle le dénigrait, affirmant :

— Ah, ça, mais tu ne vois donc pas que c'est
un maquereau, ton Georges.

— Oh! non, voyons, le pauvre garçon. C'est
pas de sa faute. Qu'est-ce que tu veux? Son père
lui donne cinquante francs par mois, pour s'amuser. Il m'en a encore donné vingt, l'autre jour.
Faut bien qu'il lui reste quelque chose pour aller
son mois; tu ne voudrais pas que je lui prenne
tout, voyons.

— Oui, oui, ça ne fait rien; c'est tout de même
pas chic du tout ce que tu fais là. Non, vrai, ce
n'est pas chic, tu sais, j'aurais jamais cru ça de toi.

— Ah! flûte, tiens, tu m'embêtes! Et, tournant le dos à Dosia, Lucie Thirache reprit les
objets qu'elle avait déposés sur la fenêtre, et
rentra vite dans la maison, toute fâchée.

« Flûte! » c'était maintenant son grand mot,
comme sa devise. Elle le répétait sans cesse,
affichant une complète insouciance pour tout ce
qui n'était pas son plaisir.

L'hystérie, ravivée par une continence de quelques jours, un ennui insurmontable, l'avaient jetée dans les bras de Georges. Elle lui avait cédé aussitôt, sans réflexion. Elle épuisait ce mâle robuste, lui préparait, elle-même, des mets excitants, l'entretenait dans un rut continu. Cette occupation l'avait tout absorbée. Elle vivait indifférente du lendemain.

XII

Lucie ne revit plus son amie. Maintenant elle restait chez elle tout le jour avec son Georges, se gorgeant de liqueurs et de sucreries. Elle ne s'intéressait plus à orner sa chambre ; sur le parquet, sur les meubles, partout traînaient des litres, des assiettes sales en piles, pleines d'os rongés, de couennes roulées en spirales.

Un vendredi matin, la fille était assise sur le lit, débraillée. Georges se vautrait dans le canapé, écrasant un amas de robes, des couvertures jetées là, au hasard. Il était en chemise, dans un pantalon déboutonné, et fumait en une pipe de terre brune, sans dire un mot. De la rue, du marché voisin, une rumeur montait, incessante, apportant vaguement les cris des poissonniers mêlés aux glapissements des marchandes. Tout à coup, Lucie, qui sirotait un verre de punch, leva la tête.

— Dis donc Georges, et les mouchoirs de Charles, les as-tu rapportés?

— Bah, c'est pas la peine, ils sont tout déchirés.

— Allons bon, qu'est-ce que tu en as encore fait?

— Tiens, je pouvais pas m'en servir, alors, comme j'avais besoin de torchons très doux pour essuyer mon fusil, je les ai pris pour ça. Ça va très bien.

Lucie, d'abord, parut fâchée.

— Oh! tu sais, si tu y tiens, je peux te les rendre. Tu n'auras qu'à les blanchir et puis à les repriser. Toi, qui as été couturière, tu dois savoir faire ça, et ton type n'y verra que du feu. Il gobe tout, ce tourlourou de mon cœur.

— Oui, oui. En tous cas, il n'a pas l'air de gober ma dernière lettre, voilà cinq jours que je l'ai mise à la poste, il ne répond pas.

— Oh! écoute, moi je comprends ça. Tu le rinces un peu dur, ce bon militaire! C'est pas permis de se foutre des gens, comme ça.

— Oui, mais moi, c'est que ça ne fait pas mon compte, tu sais. Où veux tu que nous trouvions de l'argent à c't'heure? C'est pas Dosia, peut-être, qui m'en passera. En voilà encore une sale grue! Elle est jalouse, tu n'as pas idée.

— Et bégueule, aussi ! Ce qu'elle a eu l'air indigné, l'autre jour, en me voyant.

— Oh! et puis, tu ne sais pas? Elle a été dire partout que j'étais une salope. On me l'a encore répété hier, chez la blanchisseuse. Oh! je lui ferai payer ça, à cette grue. Une fille pour qui j'ai tout fait.

Révoltée, elle se perdit dans un regret interminable des services rendus à cette femme.

Le vent d'ouest apportait les bruits de la gare. Un train arrivait : ce fut d'abord un continu grincement dont le ronflement s'accrut, s'approcha, entrecoupé de sifflements plaintifs; puis, un froissement de fer strident se prolongea, et il y eut un arrêt, un mugissement de vapeur haletante, une intermittence de sourds tamponnements, en série.

— Tiens, v'là l'omnibus de Dunkerque, dit Georges. Il est déjà dix heures et demie. Hein, si Charles revenait!

Et de sa langue passée entre les lèvres, il fit une moue qui égaya Lucie.

— Oh! qu'il est drôle. Viens que je t'embrasse, grosse bête.

Il ne voulut point se déranger. Non, tant pis. Il était trop bien. Ah! bien, elle non plus ne se dérangerait pas pour un mufle pareil. Et tous deux, un instant se turent, elle, froissée de cette indifférence, lui, très fier de se voir désiré. Plu-

sieurs coups, familièrement frappés à la porte,
firent remarquer à Georges que les huîtres arrivaient.

— Non, c'est pas possible, ou bien il faut
qu'elle soit joliment en avance.

Lucie, vaguement inquiète, ajouta :

— Va vite ouvrir la porte.

Georges refusa, et la fille, maugréant, sauta
du lit, courut à la porte, ramassant en sa cami-
sole ses chairs croulantes. Elle tourna la clef.
Le battant s'ouvrit violemment. Dans le chambranle, un officier apparut, tout pâle.

Lucie s'effara :

— Comment, c'est toi, Charles ?

On ne répondit pas, on examinait la chambre
et Lucie, épouvantée, suivait les regards, les
gestes de son amant avec un accroissement de
terreur.

Sur le parquet, des bouteilles vides s'ali-
gnaient ; la table était surchargée de verres
graisseux ; dans l'armoire béante, du linge sali ;
il aperçut enfin Georges, très rouge, immobile,
dans une stupeur. Alors le miché éclata, et,
balbutiant, lâchant les phrases, il criait avec des
jets de salive :

— Tonnerre de Dieu ! Sacrée garce ! Je comprends maintenant pourquoi tu me demandais de
l'argent. C'était pour entretenir Monsieur. Non
ça, je ne veux pas ; je vais vous faire coffrer tous

les deux ; la marmite et vous le maquereau, oui le maquereau.

Il sortit avec lenteur, comme attendant une récrimination de Georges, qui se tint coi prudemment. La porte fut fermée à double tour.

Lucie et Georges étaient attérés. Enfin, lui fit un mouvement pour se rhabiller, pestant :

— Ben, vrai, en voilà un imbécile. Est-il bête, et nous sommes dans des beaux draps.

— Bah ! tais-toi, c'est de la frime ; il n'y a pas de danger qu'il aille chercher la police ; il a trop peur du scandale.

— Hum ! Crois-tu ?

— Ça... Mais il serait plus attrapé que nous, s'il faisait ce coup-là.

— Encore toi, ce n'est rien ; mais moi, ça ferait du propre si mes parents savaient ça. C'est du coup que je ne pourrais plus me marier.

Lucie Thirache eut une pitié, et pour le rassurer :

— Oh ! tu peux être tranquille, va. Il va revenir tout seul et nous nous en irons.

— Oui, n'est-ce pas ? Il n'oserait pas nous faire arrêter.

— Mais non, je te dis ; il va revenir et puis nous partirons. Ce n'est pas un grand malheur ; nous irons à Lille ensemble, veux-tu ?

— Des prunes, ma fille ! Ah non, alors ! Crois-tu que je vais m'en aller de chez moi ? Tu iras toute seule. As-tu de l'argent au moins ?

— Mais tu sais bien que, depuis deux jours, j'ai tout acheté à l'œil.

— Tiens, voilà vingt francs. Il ne reviendra donc pas, cet animal-là ?

Lucie Thirache prit le louis, touchée de ce cadeau. Elle s'était vêtue à la hâte, presque réjouie : cet événement qui venait faire diversion lui semblait fort burlesque. Un homme, elle en trouverait trente-six pour un ; c'est pas ça qui la gênerait. Ce qu'elle allait faire la noce quelques jours, libre enfin, seule, à Lille ! Elle enfonçait dans une valise ses peignes, ses brosses, son linge. Elle y voulut mettre une boîte à veloutine, mais la houppette s'échappa et, sur sa robe, la poudre se répandit, tachant la soie noire de longues traînées grasses.

— Allons, bon ; il ne manquait plus que cela ; c'est toujours comme ça quand on est pressé.

Cet incident l'attrista. Il fit naître en elle comme une appréhension.

— Va voir un peu à la fenêtre s'il ne vient pas, dit-elle.

Georges, qui marchait de long en large sans arrêt, souleva les rideaux, jeta un regard sur la place bruyante :

— Non, je ne le vois pas. Mais, tu sais, il peut

bien revenir ; je me fous un peu de lui, avec ma canne, je le forcerai à se tenir tranquille.

— Oh ! si tu crois qu'il se laisserait faire comme ça.

— Bah ! il n'a pas l'air bien solide, ton Charles !... Oh ! et puis, il nous laissera bien partir, n'est-ce pas ?

— Peuh ! peuh ! quand il dit quelque chose, il le fait. J'ai salement peur qu'il ramène la police.

— La sale farce que ça serait ! Mais tu disais tout à l'heure, qu'il n'y avait rien à craindre.

— D'abord, ce n'est pas vrai ; c'est toi qui faisais le brave.

Il y eut un silence, tous deux maintenant, s'attendaient à une catastrophe.

Et, dans son affollement, Lucie se voyait replacée sous la surveillance, elle s'abandonnait à imaginer ce malheur prévu. Ils regardaient la porte, tous deux, en réfléchissant.

Soudain un bruit de pas pressés dans l'escalier.

— C'est lui, fit Lucie.

— Il est seul ; quelle veine !

D'un coup la porte s'ouvrit, l'officier entra l'air penaud, avec une rage dans les yeux :

— Allons, foutez-moi le camp, tous les deux, nom de Dieu ! Je vous laisse partir, parce que je ne veux pas être à de pareilles affaires surtout

en votre compagnie. Monsieur. Maintenant, faites-
moi le plaisir de déguerpir tout de suite. Vous
pouvez être sûr, que tout le monde saura comment
vous avez agi. Ramassez vos affaires et foutez-
moi le camp.

Georges, aussitôt parut ravi. Il empoigna en
hâte son fusil, sa canne, sa carnassière. Et, dès
que Charles eut achevé de parler, il s'enfuit.

Lucie le suivait, portant à la main sa valise
demi fermée. Dans le couloir, au moment de descendre, un besoin de se venger de sa peur l'empoigna, elle se retourna, vit son amant, debout
sur la porte et lui cria dans une fureur :

— Au revoir, canaille, salop, cochon !

La porte se referma brutalement, Lucie, en
courant, rejoignit son Georges qui déjà sortait
de la maison :

— Eh bien ! qu'est-ce que nous faisons ?
demanda-t-elle ?

— Oh ! fais ce que tu voudras, ma fille ; moi je
me sauve, en attendant.

— C'est comme ça que tu me lâches, après ce
que j'ai fait pour toi ?

Georges eut un mouvement de colère :

— Comment ce que tu as fait pour moi ! Espèce
de putain. Mais c'est toi, tu m'as attiré chez toi,
malgré moi. C'est de ta faute si tout ça m'arrive
peut-être. Tu as fait si bien, que je ne pourrai
plus me marier. Ah ! tu veux que je t'entre-

tienne encore, Mademoiselle. Oh ! tu peux bien aller pourrir où tu voudras, ça m'est tout à fait égal.

Et il s'éloigna furieux, rapide, sans tourner la tête.

XIII

Lucie était restée seule sur la place du Marché, au seuil de là maison. Hébétée, elle regardait dans une vague attente d'un secours imprévu, avec un espoir d'être rappelée dans sa chambre, pressée d'excuses et de caresses. Autour d'elle, une animation continue bruyait. Des femmes, des demoiselles en toilette, circulaient devant les tables de pierre, examinaient les soles que les marchands claquaient l'une à l'autre, en criant les prix. Des ménagères comméraient devant les vendeurs, dont les bourgerons bleus dominaient l'entassement des poissons nacrés, luisants, sur les étals. Dans l'air, se heurtaient des rumeurs, des bruits de conversations qui étouffaient des marchandages grossiers, des traînements de sabots lourds sur l'asphalte

Lucie malgré elle, s'intéresse à ce bruit, considère tout curieusement. Elle voudrait s'étourdir à jamais. Elle sent que toute pensée lui sera désormais doulouleuse. Et, par degrés, elle se reprend à rêver, toujours immobile : Ces gens-là sont heureux ; ils n'ont point de peines cuisantes. Elle seule se trouve encore sans abri, repoussée de tous. Des larmes lui vinrent aux yeux. Là, vrai, elle n'avait pas de chance, elle n'en aurait jamais ; et toujours c'était la faute des hommes qui se moquaient d'elle, sans pitié.

Un gamin passant lui demanda :

— Vous allez à la gare? Mademoiselle. Voulez-vous que je vous porte votre valise ?

Cette question, brusquement, changea les idées de la fille.

— Oui, c'est ça, prends la valise. A quelle heure le train pour Lille?

— Oh! nous arriverons, allez, c'est à midi un quart.

. . . .

Elle allait, par petits pas pressés, dans la rue Saint-Aubert, sous un gai soleil. La vitesse de sa marche semblait enfin l'éveiller d'une stupeur pénible. Oui, elle irait à Lille. Mardi elle y était restée quelques heures et, vraiment, elle avait trouvé cette ville très amusante. Des images rapides lui revenaient à l'esprit. Elle se voyait traversant la rue de la gare, si large, au milieu

d'une cohue en gaîté. Elle irait là, certainement.
Il lui souvenait de s'être rencontrée, en un café,
à des hommes bien distingués. Mais vite elle
chassa de telles pensées. Des hommes ! Oh ! pour
sûr que non, elle n'en verrait plus ; oh non !
c'était bien fini, cette fois. Elle allait se remettre
au travail et vivrait seule.

Et, soudain, une idée l'arrêta dans ses projets
d'avenir. Ce Georges, tout de même, quel sale
individu ! Elle se rappela toute la vie passée avec
lui, les continuels présents qu'elle lui donnait,
comment elle avait fait son éloge à Dosia, l'autre
jour encore. Oh ! du reste, Charles, c'était bien
la même chose : car, elle le sentait à présent ;
elle n'avait point cessé de l'aimer pendant son
absence. Elle avait pris Georges pour se désen-
nuyer ; mais, au fond, c'était toujours à Charles
qu'elle songeait. Eh bien, c'était encore un rude
celui-là.

En un moment Lucie avait oublié les cadeaux
de l'officier, ses longues prévenances, le tour
qu'elle-même lui avait joué. L'arrivée imprévue
de Charles lui apparaissait comme une machina-
tion préparée contre elle, si noire qu'elle anéantissait les bontés antérieures.

En avançant dans la rue Ernestale, elle se
retraçait tous les détails de son séjour à Arras.
Vraiment, elle avait fait une belle affaire, en y
venant. Et c'était encore la faute à cette garce

de Dosia. Un foutu métier, éreintant, contraignant les femmes à se coller avec d'ignobles michés. Heureusement c'était fini. A Lille, un sûr bonheur l'attendait.

Elle était arrivée à la porte Ronville, s'approchait à la gare. Et, tandis qu'elle rajustait la voilette de son chapeau, indifférente aux regards curieux des paysans, au salut amical de deux officiers, paradant en culottes rouges, elle sentait naître en elle comme une joie tranquille. Cette idée du travail, dans une vie honnête, lui souriait : mais plus que tout, elle était heureuse en songeant qu'elle échapperait aux hommes ; et il lui semblait que ne plus coucher avec les mâles, serait leur infliger une juste vengeance, cruelle et délicieuse.

TROISIEME PARTIE

I

A Lille, dans l'étroite rue du Bois-Saint-Etienne, Lucie Thirache était venue se loger au second étage d'une maison très vieille. Elle avait à dessein choisi cette rue, sachant que les loyers y étaient moins chers et que le voisinage du théâtre, de la gare, des larges voies populeuses, lui devait abréger ses courses à la recherche de michés et rendre plus aisée sa chasse aux louis.

Souvent, l'hôte mâle du lit était un commis-voyageur ou un employé de bureau. La nuit d'amour, payée d'avance régulièrement, s'achevait de bonne heure, et Lucie insouciante de se créer une clientèle fixe, laissait partir l'homme

de grand matin, en lui accordant à peine un au
revoir somnolent.

Elle, aussitôt, se remettait à dormir, heureuse,
vautrée en travers du lit, et c'était dans la vaste
chambre aux rideaux fermés une soûlerie de
sommeil.

Vers deux heures elle ouvrait les yeux. Le
sommeil disparaissant lui laissait aux membres
une voluptueuse torpeur, comme une chaude
envie de rester ainsi, toujours mollement couchée. Elle frottait ses paupières mi-closes, et sa
rêverie mêlait aux souvenirs de la nuit, les projets pour la journée commençante ; chaque fois
elle craignait d'être réveillée trop tôt. Une peur
navrante la faisait courir à la fenêtre et ouvrir les
rideaux, puis tout éjouie par l'inondation instan-
tanée des rayons solaires, elle se couchait, impatiente de ressentir encore cette exquise torpeur.
Elle aimait alors considérer sa chambre. En face,
encadrant les fenêtres claires, le mur couvertd'un
papier bleu, dont elle examinait les dessins
jaunes aux formes indécises que l'humidité illus-
trait par endroits de courbes dentelées. Entre les
fenêtres, une large commode à marbre gris, sur-
montée de bibelots divers. Elle parcourait tendrement des yeux l'acajou luisant de la toilette
flamande et son miroir limpide soutenu par des
cous de cygne. Tous ces objets lui appartenaient.
Elle pourrait, en quittant cette chambre, les

emporter tous, et l'image du tapissier, donateur de ces meubles en paiement de faveurs répétées, venait hanter son esprit, souriante, obèse, épanouie.

Lucie poursuivait l'examen du mobilier en une soupçonneuse défiance. Parfois le contact d'une canne éraflait le bambou des chaises, ou bien la bougie en se fondant, avait maculé la table d'une tache épaisse. Elle se levait en hâte et, dans une inquiétude chagrine, elle frottait les meubles endommagés, longuement.

Elle ne se lassait pas de ces nettoyages et s'attardait autour des meubles dans une fierté propriétaire. Puis, lorsque tout était redevenu luisant, elle observait à la fenêtre le va-et-vient de la voie publique. La rue du Bois-Saint-Etienne, était presque déserte. Jamais Lucie ne voyait passer une voiture, à peine quelques piétons pressés. La fille s'attristait de cette solitude. Le badigeon jaunâtre des maisons voisines, la peinture déteinte des contrevents la dégoûtaient encore et elle se penchait, avide de vie et de mouvement, pour entendre gronder au loin le bruit des boulevards. Elle tâchait à regarder la rue des Suaires, à sa gauche, où le défilé des passants serpentait. Mais, à l'angle des deux rues, l'enseigne d'une serrurie, énorme clef de zinc fixée à la muraille, obstruait la vue. Elle coupait les passants, empêchait de voir, et Lucie s'épandait en une rage imprécante, lorsque la clef, barrant le spectacle d'une cohue, permettait à peine entrevoir les jupons secoués de deux femmes s'injuriant, ou les jambes traînantes et arquées d'un ivrogne conduit au poste. La fille s'exaspérait. Elle maudissait la clef, en lui reprochant son déplaisir. Elle s'en prenait au serrurier, s'étonnant que la police tolérât une pareille obstruction. Elle rêvait apostropher cette canaille, lui faire enlever son enseigne de force. Et très vite, un bruit, le passage lointain d'une voiture ou le son ronflant d'un orgue lui faisaient perdre ses colères, la retenaient curieuse, tendant l'oreille, subitement calmée.

Puis, sans quitter la fenêtre, Lucie oubliait la rue. Durant des heures, elle se perdait en un tourbillon de visions rapides, à peine conscientes. Lentement, le soleil s'abaissait derrière la masse ombrante du grand théâtre, laissant le quartier solitaire dans l'indécise clarté du crépuscule. Alors seulement la fille revenait au souci des choses journalières. Elle jetait autour d'elle un dernier regard curieux. Les maisons s'effaçaient assombries, profilant sur l'horizon grisâtre les arêtes vagues de leurs saillies. Des nuages lourds, attristants tachaient le ciel, immobiles. Pour échapper à cette vue elle fermait la fenêtre et, dans la chambre enténébrée, allumait une lampe de verre bleu afin de préparer son unique repas, le même toujours, cru, aigrelet : une salade de laitue baignée de vinaigre. Jamais elle ne cuisinait un plat chaud par une crainte d'empester sa chambre soigneusement parfumée en tous coins. Le repas fini, elle se levait très sérieuse, avec le sentiment de commencer enfin la besogne du jour.

A parfaire sa toilette, Lucie gravement employait un énorme soin. Devant son armoire à glace, c'étaient de continuels tournoiements sur un talon, sur l'autre, des contorsions du cou, penché vers l'épaule, pour scruter la draperie habilement chiffonnée de la jupe. Elle trempait une serviette dans sa cuvette à dessins roses et se frottait le visage minutieusement, dans les creux. Après s'être lavée, elle allumait une bougie auprès de la lampe, en face de la glace, pour enrouler la frisure de ses cheveux autour d'une épingle échauffée.

La toilette s'achève. Le corsage fort tendu, moule la taille amincie par le corset. Lucie se dresse très droite en sa robe collante et elle jette un dernier coup d'œil à la glace. Cet examen met à ses lèvres un sourire satisfait. Vraiment, elle se trouve ainsi très attrayante. Ses cheveux tombent sur le front en frisures molles, laissent une raie blanche entre leur alignement et l'arc des sourcils. Les yeux, couleur de bronze, ont de chauds reflets.

Avec du rouge, étendu à la patte de lièvre,
elle donne à ses pommettes un éclat rutilant,
et ses tempes étaient encadrées par le balancement rythmé des boucles d'oreilles, larges
anneaux d'argent emmelés aux touffes des cheveux. Elle admire orgueilleusement ses bras,
sa poitrine élevée jusqu'au menton, ses mains
enfermées en de hauts gants de couleur claire.
Puis elle se retourne, se cambre, se veut exa-
miner toute et de tous les côtés, ravie de prévoir
une chasse heureuse.

Tel était le but avoué de ses coquetteries. Mais,
au fond, Lucie vivait dans l'adoration absolue de
son corps. Sur elle-même, elle avait reporté
le besoin d'affection qui toujours l'avait tour-
mentée.

Enfin, elle parfaisait l'harmonique symphonie
des couleurs et des lignes, en jetant sur ses
épaules un cache-poussière, gris perle, aux pans
doublés de grenat. Sur sa tête elle posait une
toque, fixée par un voile blanc enlacé au cou.
Et, la conscience gaie, Lucie descendait pour
commencer la tâche quotidienne.

Jamais elle ne quittait la sombre rue du Bois-
Saint-Étienne sans jeter à la clef un regard hai-
neux. En entrant dans la rue des Suaires, elle
embrassait d'un coup d'œil la double sente des
trottoirs, décochant une œillade dès qu'elle apercevait, dominant le fouillis des vestes et des

robes, la forme haute d'un chapeau. Mais cette rue, roulant un flot d'ouvriers et de filles, était vide le plus souvent de michés raccrochables.

Rapidement, Lucie gagnait le théâtre et, pour franchir la place, elle aimait retrousser très haut ses jupes, faire admirer leurs dessous propres. Elle abordait au café Jean, portant au bras un rouleau de musique, elle s'avançait à petits pas, avec des arrêts brefs devant les boutiques, ou elle bousculait à dessein les hommes pour soupirer aussitôt de captivantes excuses. Dédaigneusement, elle toisait les femmes, pleine d'un mépris vertueux contre ses collègues de joie, ayant pour la tenue sobre des dames mariées, une respectueuse compassion. Elle arrivait ainsi à sa première halte, un grand magasin d'orfévrerie très éclairé.

Quoique les objets de la montre lui fussent connus dans leurs moindres ciselures, elle s'arrêtait, par contenance en se rappelant les hommes coudoyés et leurs mines engageantes ou fâchées. Par instants, elle détournait la tête et scrutait la rue. Cependant, reprise quelquefois d'une curiosité, elle restait perdue en une longue observation de l'étalage, oublieuse de son labeur, jusqu'à ce que le contact d'un pardessus masculin ou le frôlement d'une canne l'eut fait retourner.

D'une marche trainante, elle s'approchait à la gare. Là des trains, versaient continuellement sur la place une foule effarée ; et c'était pour Lucie une délicate besogne, deviner la fortune des débarquants, leurs dispositions à la bien accueillir. Lorsque cette seconde station n'avait point réussi, la fille recommençait en sens inverse, sans répugnance pour ce trajet monotone. Sur la grande place, ell attendait longtemps devant les grilles de la halle, indécise à franchir la chaussée, Enfin, elle pénétrait dans la rue Nationale. La double traînée des lampadaires, s'étendait à l'infini ; entre eux les lanternes des voitures se mouvaient jumellement dans un isolement bizarre. Au commencement de la rue, sa tenue hautaine et presque décente, persistait. Mais, quand elle était parvenue aux endroits sombres, ses allures brusquement changeaient. Elle se déhanchait, désireuse de prendre une revanche de ses poses austères; et lasse enfin d'espérer qu'on viendrait à elle, Lucie Thirache raccrochait. Elle accostait les hommes bien vêtus, en murmurant d'abord quelques propositions d'un air détaché, sans paraître y tenir; dans la suite, impatientée de sa déveine, elle se faisait pressante et suppliante, avec des vanteries pour sa virtuosité érotique. Aux jours de guignon, dix heures sonnaient avant qu'elle eût réussi à séduire un mâle. Les rues devenaient désertes, le bruit décroissait confus, Lucie ne distinguait plus à cette heure, qu'un murmure uniforme et vague coupé par le roulement des voitures attardées. On fermait les boutiques. Les cafés, par flots, se vidaient. Le théâtre, aux entr'actes, dégorgeait la foule des spectateurs et Lucie, revenue sur la place, faisait alors de longues stations, son cache-poussière entrebaillé afin de paraître plus avenante. Lorsque ces manœuvres étaient restées infructueuses, vers onze heures, elle allait aux Bouffes.

La lourde moiteur de l'atmosphère enfumée l'y réchauffait, l'y grisait ; elle devenait très drôle, très hardie, achevait perdre sa morgue de femme chic. Et, toute folâtre, elle courait de tables en tables, lançant des calembours. Elle quêtait des cafés, des chartreuses, en s'asseyant au coin des chaises, avec des rires pour les hommes, des frôlements pour leurs moustaches. Presque toujours, après une demi-heure de ce manège, elle sortait au bras d'un monsieur.

Sous le cadran illuminé d. grand'garde, devant l'enfilade réglementaire des fiacres, on débattait le prix. Le marché conclu, on gagnait rapidement la rue du Bois-Saint-Étienne et l'on montait.

Lucie Thirache se livrait ainsi, au premier venu, pour vingt francs.

II

D'abord, cette vie nouvelle l'enchanta. Dans ces vadrouilles elle était très gaie sans raison sautait, virait, ravie. Et à sa fenêtre, pendant les longues heures de solitude rêveuse, elle couvait en silence un monologue joyeux.

Une idée la satisfaisait fort, le projet lentement formé se réalisait enfin : elle faisait expier aux hommes ses misères anciennes. Aujourd'hui, le souvenir de son premier affolement l'amusait. Avait-elle été assez niaise, en arrivant à Lille, de perdre courage, de se croire la victime de quelque guigne mystérieuse ! Elle se rappelait les premiers jours passés dans une dèche désespérante, par horreur des mâles. Heureusement que la fringale l'en avait tirée, de cette toquade !

La persécution, une guigne ; tout cela était des
contes de grand'mère : elle le savait à présent.
Sans doute, les malheurs ne lui avaient pas été
épargnés, mais elle-même était cause de cette
malechance avec sa mollesse et son ignorance de
la vie. Comme les hommes avaient lâchement
profité de sa sottise ! Les salops ! Elle les avait
supportés, pour quelques-uns même elle avait eu
de l'attachement. Plus souvent qu'on l'y repin-
cerait. Georges l'avait-il assommée avec ses
réflexions idiotes et comme il avait vécu sur sa
bourse, pour finir par la planter là quand elle
n'avait plus eu d'argent. L'officier Charles lui
apparaissait comme un sale poseur; il l'avait
prise pour en faire parade vaniteusement. Bien
gagné, l'argent qu'elle avait dépensé à sa guise.
Tous pareils ! Léon ne valait pas mieux que le
reste : six mois il l'avait poursuivie; elle aurait
été, sans lui, une brave ouvrière, intourmentée.
Elle se remémorait ensuite l'indigne façon dont
ce Léon l'avait abandonnée, parce qu'elle s'était
amusée un peu en son absence; comme si ce
n'était pas lui qui l'avait habituée à faire la noce !
Tous des exploiteurs de la femme, des maque-
reaux, quoi ! Bon encore Donard; celui-là, du
moins, n'était pas hypocrite... Mais non, lui
aussi était une canaille qui poussait sa femme à
de sales actions, une si bonne personne, par
nature. Lucie se méprisait encore davantage en

songeant que tous ces types, qui l'avaient rou-
lée, étaient bêtes comme leurs savates, tous plus
ou moins rincés par d'autres femmes, des habiles.
Oh! mais elle était bien changée; elle allait leur
en faire voir à ces hommes. Ils pourraient claquer de misère s'il leur plaisait, elle ne se retour-
nerait seulement pas. Ils l'avaient dupée et quand
la déveine était venue, nul ne s'était occupé
d'elle : elle allait s'occuper d'eux, elle, et c
serait drôle.

En effet, Lucie s'acharnait à cette haine. Elle
se faisait payer à l'avance, très cher; tout sup-
plément d'amour devait être rémunéré en sur-
plus. Même, elle les volait. Il lui venait un frais
rire à la remembrance du départ quotidien de ses
michés, très penauds, sans un sou. Elle s'estimait
devenue sérieuse, une vraie femme; elle savait
enfin raisonner et on ne la reprendrait plus à
changer d'avis continuellement, sans motif,
comme autrefois.

Cependant, au plus fort de ces résolutions,
souvent elle s'attendrissait en songeant à Léon,
son seul amour vrai; elle se surprenait à regret-
ter ce premier amant : en somme, c'était encore
le meilleur de tous. Celui-là l'aimait pour elle-
même, et puis si gentil, si doux. Une fierté la
possédait d'avoir été séduite par un homme aussi
aimable. Elle se représentait Léon idéalement

beau, par une admiration intime du mâle qui
était parvenu à la conquérir. Il ne l'aurait
jamais quittée sans les conseils des amies et des
camarades jaloux de leur liaison. Dans l'esprit
de la fille, Léon devenait un être adorable ; elle
le désirait. Et dévêtant les autres amants de
leurs qualités, elle en habillait son premier
amoureux. La revue des hommes jadis connus
recommençait ; de nouvelles infamies se retra-
çaient en sa mémoire. Ce n'est pas Léon qui
aurait fait ceci, cela.

Mais ces réflexions servaient encore à affermir
ses projets. Elle se jurait qu'elle n'aurait plus
ni amour, ni béguin, et formait le plan d'une
existence tout emplie par l'idée de l'argent à
obtenir. L'argent ce devait être son seul but ;
elle se devinait très courageuse pour acquérir une
fortune, prochainement, entrevoyait au terme
de ses efforts une vie libre, riche, jouisseuse.
Revenue à Saint-Quentin, elle stupéfierait de son
luxe les anciennes camarades d'atelier, serait
locataire, dans la rue d'Isle, d'un appartement
somptueux. L'idée de cet appartement l'obsédait ;
elle y voulait un balcon, d'où elle pourrait regarder librement les promeneurs. Comme les
amants d'autrefois, si dédaigneux, rageraient
en la voyant traîner aux Champs-Élysées, des
robes de soie, mener en laisse un lévrier. Et

puis, elle serait vertueuse et chaste. Elle aurait sa chaise à la Basilique ; elle ferait l'aumône, splendeurs que couronnerait un mariage avec quelque jeune homme vigoureux et beau.

Tantôt ces songeries se modifiaient, et un horizon si bourgeois lui semblait mesquin. Ce qui lui fallait alors c'était Paris, la noce à outrance, la vie élégante et fastueuse. Elle pensait aux délices que devait renfermer cette ville idéale dont les commis-voyageurs parlaient avec un enthousiasme vague. A Paris, son luxe la ferait bientôt remarquer. Toutes les avances seraient éconduites impitoyablement, jusqu'au jour où s'offrirait à elle l'amant attendu, capable de se donner tout entier, de lui procurer toutes les richesses, de vivre à ses pieds avec une adorante soumission. Bien d'autres idées lui venaient encore, différentes, contraires, souvent toute à la fois. Mais, toujours dans ses rêves, elle se voyait aux bras d'un homme, et le bonheur lui paraissait reposer sur l'affection d'un garçon jeune et fort, qui saurait avoir pour elle l'exquise tendresse de Léon avec des vigueurs bien autrement voluptueuses.

C'est que Lucie avait gardé le furieux besoin des plaisirs érotiques. La nuit, elle collait tout à coup ses lèvres brûlantes au corps du miché, soupirante. Elle s'imaginait être ardente par

calcul, pour forcer les hommes à la venir retrouver ; mais, au fond, elle adorait plus que jamais
les caresses lascives et s'ingéniait à ressentir des
spasmes encore inperçus. Cette poursuite du
plaisir se traduisait dans ses rêveries, par la
réminiscence de livres licencieux ou par le regret
de n'avoir pas été l'esclave de cette flagrance
amoureuse lorsque Léon était avec elle. Et la
vision de ses premières amours se mêlait à ses
vœux sensuels, les fardait d'un sentimentalisme
qui enthousiasmait Lucie. La nuit elle arrachait
subitement de sa torpeur l'homme couché à son
flanc pour obtenir de lui quelque raffinement de
luxure. Ensuite, l'hystérie s'éteignait, la réalité
s'imposait vite à la fille lorsque le monsieur se
levait avachi, demandant : « Dis donc ? Où est la
serviette ? »

Par un revirement soudain, elle se dégoûtait
alors des plaisirs charnels. Elle en venait à esti-
mer une souillure le spasme érotique ; elle
regrettait n'avoir point, après l'amour assouvi,
des éphèbes spirituels et beaux, l'entretenant
avec douceur de la passion véritable. Une aspi-
ration à une liaison très pure affluait, mais il lui
paraissait qu'une telle liaison ne saurait être
obtenue sans dépense d'argent. Ne fallait-il pas,
pour cela, avoir des allures élégantes et hon-
nêtes, attendre surtout les avances.

C'est ainsi que les idées les plus contraires avaient une conclusion commune : raccrocher les mâles et leur enlever l'argent.

Et, régulièrement, avec la fixité d'un sérieux devoir, Lucie accomplissait la tâche quotidienne ; elle se donnait au premier venu, chaque soir, pour un louis payé d'avance.

III

Vint l'hiver, un hiver froid, très sec. Cependant Lucie recommençait tous les jours sa lente promenade, satisfaite de cette saison qui rendait plus douce aux michés la perspective d'un lit bien chaud. Mais l'arrivée hâtive de la nuit contraignait la fille à sortir plus tôt et allongeait la durée de ses vadrouilles.

Vers sept heures, lorsque déjà nul espoir d'un dîner offert ne lui restait, elle s'arrêtait, prise de faim, devant un magasin d'épiceries, au coin des rues Esquermoise et Nationale. C'était une boutique assez vaste, très éclairée, animée par un continuel défilé d'acheteurs. Elle aimait regarder, friande, l'intérieur du magasin, les bouteilles alignées, les tiroirs jaunes échafaudés et décorés d'étiquettes. La devanture surtout l'inté-

ressait : des deux côtés, près la porte, des caisses
renversées s'allongeaient, couvertes d'oranges,
de fruits secs, de pruneaux et, sous une vitrine,
se tassaient les vermicelles, les macaronis avec;
dessus, les prix en chiffres énormes. Lucie contemplait ces mangeailles sans perdre de vue les
messieurs encombrant le trottoir; une grande
envie lui venait de se repaître.

Devant le magasin un garçon en longue blouse
écrue courait complaisamment d'un client à
l'autre, en faisant l'éloge des denrées. Lorsque
Lucie se décidait à l'achat de mendiants, toujours ses yeux se rencontraient aux yeux bêtes
du vendeur obséquieux et souriant. Peu à peu
elle s'habitua à trouver au milieu des comestibles
cette face polie et rosée, aux lèvres entr'ouvertes,
au front bas calotté de boucles blondes que séparait une raie droite. Bientôt même elle crut voir
à son empressement que cet homme lui voulait
devenir familier. Sa fierté de femme chère, une
vanité longuement acquise dans les heures de
solitude la rendaient aussitôt fâchée contre cet
audacieux. Elle se garda cependant de fré-
quenter une autre épicerie; ce manège l'amusait.

Mais, de ce jour, elle s'efforça à bafouer cet
adorateur en prenant, dès qu'elle l'apercevait,
un air dédaigneux. Ce fut contre le malheureux
une taquinerie constante, presque une vengeance.

Elle aimait à l'impatienter de ses questions multiples, le faire courir à l'intérieur du magasin. Elle lui donnait de l'or pour l'obliger à aller changer à la caisse et, à son retour, d'impérieuses réclamations l'accueillaient.

— Demandez donc de la petite monnaie au lieu de ces pièces de cinq francs qui éreintent ma bourse.

— Mais, madame, il n'y en a plus.

— Dépêchez-vous ou j'irai me plaindre.

Le garçon devait se soumettre. Ce fut bien autre chose lorsque Lucie eut appris par un de ses collègues, qu'il avait parié coucher avec elle avant un mois. La fille fut froissée; de subites honnêtetés s'indignaient en elle.

Volontiers elle avançait l'heure de sa dînette pour maltraiter l'amoureux téméraire. Ses songeries avaient pris un objet fixe : humilier cet homme. L'épicier accapara ses méditations.

Longtemps cette rigueur dura. Mais un jour Lucie s'étant montrée trop méprisante, le garçon devint très pâle. La fille fût touchée. Ses agaceries, aux premiers temps très plaisantes, l'ennuyaient déjà; et elle se sentit brusquement apitoyée, repentante, prise pour l'infortuné d'une grande sympathie :

— Allons, allons, ne vous faites pas tant de mauvais sang ; au fond, vous savez, moi je suis une bonne fille. Allons, voyons, je ne vous tour-

menterai plus, seulement il faut que vous soyez
convenable.

L'indignation avait disparu ; en Lucie persistait seule une compassion pour sa victime. Elle
se promit réparer ses torts par d'amicales paroles. Et vite, entre eux, s'établit une familiarité
bavarde. Souvent la fille stationnait pour communiquer au vendeur des réflexions complai-
santes sur le temps ou les denrées exposées; dans
la suite ils se confièrent leurs tracas. Lui raconta
les ennuyeuses fatigues du métier, elle narra la
brutalité des hommes. Elle l'appelait par son pré-
nom Zéphyr. Elle se décida même à trouver pas-
sables ses gros yeux bleus. Il avait une blouse
toujours très propre, un grand col ouvert, une
cravate verte, une bague au doigt.

Cependant Lucie ne découvrait en elle nul
amour pour ce mâle. Malgré des instances réité-
rées et suppliantes elle ne céda point. Les galan-
teries de Zéphyr la trouvaient très froide, fâchée.
L'offre d'un louis ne put la déterminer. Elle avait
la conviction d'une supériorité sociale et, s'inté-
ressant toujours à Zéphyr, elle aurait cru déchoir
en acceptant ses propositions. Chaque jour, vers
midi, elle le rencontrait dans un cabaret de la
rue des Suaires où il mangeait. Et, pendant
qu'elle faisait pomper la bière dans son broc
d'étain, il lui contait des histoires qu'elle trouvait drôles.

IV

Un matin de mars, Lucie Thirache contait dans ce cabaret les péripéties d'une atroce agression qu'elle avait subie la nuit précédente. A prolonger son récit, à user sa douleur en l'avivant sans cesse par d'épouvantables évocations, elle ressentait un intime soulagement ; et, comme Zéphyr venait d'entrer, elle reprit sa narration dans une avidité de rééditer ses souffrances. Deux hommes distingués et riches par l'apparence, l'avaient accompagnée chez elle, puis l'avaient insultée, battue, et elle s'était défendue courageusement.

Devant les clients matineux, ouvriers vêtus de velours brun, commères en jupes sales, fillettes en longs sarraux noirs, à la natte frétillante, Lucie se faisait très brave, se dépeignait une

femme forte, ayant su résister vigoureusement à
leurs brutalités :

— Je leur en ai lâché de ces injures; j'en pouvais plus, quoi! Et puis, ils n'avaient qu'à s'en
aller. Ah bien oui! Quand ils m'ont vu en rage
comme ça, ils ont pris les chaises, ma toilette,
mon armoire à glace; il m'ont tout fichu par
terre, avec des coups de poings, des coups de
pieds! Mes pauvres meubles! Qu'ils étaient
encore si beaux, que j'aurais voulu...

Sa phrase s'acheva en un long gémissement.
La fille, penchée sur l'épaule de Zéphyr, pleurait
à verse, tachant son peignoir rouge, trouvant
canaille, sans oser le dire, l'indifférence des
auditeurs qui, l'un après l'autre, s'en allaient,
calant d'un coup d'épaule leurs paquets d'outils
sur l'omoplate, modérant de la main le balancement de la musette pendue au coude. Et tous, en
partant, lançaient des consolations :

— Voyons, il faut vous calmer; avec une
mine comme la vôtre vous en acheterez bientôt
des autres de meubles.

— Moi je serais de vous, j'aurais un revolver.

Lucie sanglotait. Mais une femme ayant
insinué qu'elle avait eu tort de recevoir deux
hommes à la fois, elle se fâcha, oubliant aussitôt
son chagrin.

— Tiens, si vous croyez qu'on fait ce qu'on
veut dans cette saloperie de métier-là.

— Fallait pas le prendre, ma fille !

— J'aurais bien voulu vous y voir.

— C'est égal, si t'étais restée honnête, ça ne te serait pas arrivée.

— Honnête ! Et toi tu l'es, honnête?

— Un peu plus que toi au moins.

— Hé va donc, grand chameau, c'est parce que t'as pas de physique. Bien sûr que tu ne trouverais pas deux hommes pour vouloir monter chez toi.

— Du calme, hein ! Mamzelle du trottoir!

— Attends un peu, toi !

Lucie fut retenue par Zéphyr. Contente d'avoir un prétexte pour ne se pas colleter, elle se débattait, menaçait violemment son adversaire qui battait en retraite, très digne ; puis elle se laissa entraîner dans la rue.

Lentement, ils marchaient côte à côte. Une grande animation grouillait. Des camions roulaient bruyants, éclaboussaient la file des passants affairés qui s'accrochaient aux paniers encombrants traînés au bras des repasseuses.

Cette foule s'agitait impitoyable à côté de Lucie qui s'exáspérait :

— En voilà une putain! Une femme à cent sous ! Une paillasse à soldats!

Zéphyr très calme raisonnait : « Pour sûr, c'était une rosse, mais Lucie avait déjà bien assez de malheur comme ça sans s'occuper encore d'une

14

pareille grue. » Cette allusion rappela l'aventure
de la nuit, et la douleur de la fille, un instant
distraite, la ressaisit. Ils étaient arrivés au coin
de la rue du Bois-Saint-Etienne. Zéphyr prodiguait des paroles consolantes, semblait très content d'être initié aux petites affaires de Lucie.
Elle, toujours pleurante, énumérait les dégâts,
s'attardait à une foulede détails, heureuse de la
pitié qu'elle inspirait. Instinctivement elle regardait la clef, comme pour une prière.

— Moi non plus, allez, je n'ai jamais eu de
chance, conclut Zéphyr.

Il raconta longuement son renvoi de l'épicerie
où il avait été victime d'ignobles jalousies.

Lucie fut intéressée par l'histoire. Elle com-
patit et demanda d'exactes explications. Mais,
soudain, la vue de sa fenêtre ressuscita ses récriminations. Et, tandis que l'homme se complaisait
à décrire sa misère, tandis qu'il narrait les intri-
gues de sa patronne, de ses camarades, s'entraînait à les insulter, leur jurant des vengeances,
la fille de nouveau sanglotait, à peine attentive.
Elle en vint à trouver ennuyeuses les doléances
du garçon : cette épopée d'un autre malheur,
graduellement l'importunait. Elle n'écouta plus,
agacée.

Le temps était couvert. Des nuages gris se
mouvaient lentement ; l'atmosphère lourde,
chargée de pluie, accrochait une brume laiteuse

aux angles des maisons. Et le roulement monotone des voitures attrista encore Lucie honteuse
de pleurer dans la rue. Espérant aussi que le
spectacle des dégats apitoierait davantage son
compagnon, elle l'invita à visiter l'appartement.

En entrant, la dévastation de la pièce navra.
L'armoire à glace renversée gisait à terre, la
corniche au plancher. Partout des paillettes de
verre doublé de tain scintillaient. La cuvette
était sur le tapis en morceaux; l'eau s'était épandue du pot brisé, noircissant les rosaces. Au
milieu de la pièce s'étalait, arrachée de son cadre,
lacérée, une gentille lithographie : deux amoureux s'embrassant sur une escarpolette.

Zéphyr allait d'un meuble à l'autre. Du plat de
la main, à grands coups, il rajustait les montures
des chaises. Il releva l'armoire et ramassa les
débris de la glace.

Cependant, Lucie s'était vautrée sur le canapé,
la face tournée au mur, sans souci du désordre
de sa toilette, car le peignoir dégraffé opprimait
moins sa poitrine soulevée par le halètement
des sanglots. Elle était prise d'une rage furieuse contre ces inconnus exempts maintenant
de sa juste vengeance. Elle se comprit victime à
jamais de la funeste influence des hommes. Dans
une inconsciente sollicitation, elle avait pris les
mains de Zéphyr et les serrait. Lui répétait sans
cesse : « Quelles canailles! Quelles canailles! »

— Oh ! tous des cochons, je vous dis, des voyous qui se foutent des femmes, parce qu'ils sont les plus forts. Ainsi, croyez-vous que c'est pas ignoble, ce qu'ils m'ont fait! Et puis, toujours ça a été la même chose, et il n'y a pas moyen que j'en sorte. Autrefois j'aurais gagné ma vie, mais maintenant je ne sais même plus faire une reprise; et c'est encore leur faute. Oh! mais c'est bien fini, j'y renonce, j'aimerais mieux me jeter à l'eau que de coucher encore avec un : ils se valent tous.

— Et moi, insinua Zéphyr, croyez-vous que je ne suis pas un brave garçon, qui vous aime bien.

Tout bas, tendrement, il lui fit l'aveu de son affection. Toujours il l'avait aimée, c'est pour cela qu'il était si malheureux quand elle le méprisait. Oh! s'il était d'elle, comme il quitterait cette vie-là, comme il enverrait promener ces sales bourgeois qui se croient tout permis à cause de leur argent : « On voit bien que vous ne connaissez pas les hommes de votre rang qui n'ont pas des masses d'argent, mais aussi qui ne sont pas fiers, pas méchants. »

D'abord, dans sa détresse, Lucie Thirache avait oublié le sexe de son ami. A l'entendre parler d'amour, elle ressentit une joie, décidée à repousser toutes ses prières, à le faire payer pour les autres. Mais, comme elle écoutait attentivement, étonnée par ce genre de supplications soumises

qu'elle n'avait pas entendues depuis longtemps,
elle admira la justesse de ces réflexions; elle se
rappela avoir eu déjà les mêmes idées. Peu à peu
sa douleur disparaissait. A la tension de ses nerfs
succédait un amollissement. Son oreille distraite
trouvait un plaisir à recueillir de tendres
paroles.

Lui, toujours très doux, avec des inflexions
chantantes, poursuivait l'aveu de sa passion. Il
louait les manières de la fille, la bonté que marquait son visage et qui avait dû être la cause de
ses infortunes.

Lucie regardait le mur sans voir; machinalement elle répétait tout bas les phrases de l'homme
qui lui semblaient harmonieuses. L'émotion de
la nuit, sa rage durant des heures l'avait brisée.
Elle ne pensait plus, impuissante à former une
idée. Vainement elle essayait résister par le
raisonnement aux tentatives du garçon, bientôt elle retombait dans une torpeur avachie,
et se laissait bercer par les discours de Zéphyr,
qui acquéraient en son esprit une croissante
vigueur. Puis, toute à ses réflexions, elle n'écouta
plus. Elle songeait à la possibilité d'une vie honnête et calme, qu'elle imaginait charmante.
Seulement des lambeaux de phrases lui arrivaient
que Zéphyr lançait plus haut. Maintenant il
dépeignait la félicité d'un ménage à deux : « C'est
pas moi qui vous mépriserais : il faut bien vivre,

n'est-ce pas; je ne vous reprocherais jamais rien,
je vous aime trop pour ça..... Il n'y aurait
jamais de querelles..... On vivrait si tranquille,
qu'on nous prendrait pour des gens mariés.....
Les dimanches on irait se promener bras-dessus,
bras-dessous..... La semaine, tous les matins, on
se rendrait ensemble au travail..... Et puis, elle
pouvait toujours essayer, ça n'engageait à rien. »

Lucie se sentait enlacée, pressée amoureusement. Une voix chevrotante, bien humble, répétait : « Eh bien, dites, voulez-vous, dites, voulez-
vous. »

Elle, toute espérante, enchantée de cet avenir
naïvement vertueux et honorable, confiante en
une existence heureuse et tranquille, qui l'abri-
terait des mépris et des brutalités, se jeta dans
les bras de Zéphyr brusquement, par reconnaissance pour ses promesses d'amour, les seules
entendues ainsi formulées depuis Léon.

V

L'averse s'épanchait à grand bruit, striait le noir, effaçait les angles des maisons basses où de maigres lueurs s'irradiaient derrière des rideaux trop diaphanes.

Lucie Thirache inspectait la rue Malpart, à peine éclairée par les coups de lumière que dardaient les rares boutiques ouvertes. Seules, quelques flaques boueuses miroitaient. Elle s'arrêta, tendant aux baisers humides d'un miché ses lèvres indifférentes. Elle releva son parapluie, tâcha à couvrir le chapeau du monsieur très ivre, qui l'enlaçait; elle scruta l'obscur pour s'assurer si son amant était en vue.

Elle réfléchit : « Tant pis ; il l'ennuyait à la fin avec ses jalousies bêtes ! Si on ne pouvait plus rien faire ! Et puis, pour ce qu'il gagnait !

Elle ne pouvait pourtant pas aller quêter de
l'ouvrage de boutique en boutique, ah non, par
exemple ! » Une crainte cependant la tenait
anxieuse : il lui fallait conduire l'homme raccro-
ché dans la chambre commune, au-dessus du
magasin où travaillait Zéphyr, et si on était
aperçus, ce serait une jolie scène. Elle restait au
bord du trottoir, indécise, très embarrassée.

Mais l'apparition brusque de l'amant au seuil
de l'épicerie, lui donna comme un coup et dis-
sipa son incertitude. Avec une crânerie mo-
queuse elle emmena le miché jusque-là, le
poussa dans un étroit couloir, recommandant :
« Monte, mon chéri, c'est la première porte en
haut ; la clef est dessus ; il y a une bougie et des
allumettes sur la table ; je te rejoins. »

Et, dissimulant ses appréhensions sous un air
d'autorité câline, elle s'appuya au bras de Zéphyr,
sérieusement résolue à imposer sa volonté :

— Tu sais, mon petit homme, tu serais bien
gentil de ne pas venir ce soir ; non, vrai, il n'y
a pas moyen que tu viennes.

Lui se taisait. A sa face le sang affluait ; il
semblait figé par une stupeur. La femme devina
quelle colère l'avait saisi ; elle craignit un éclat
brusque et, pour le prévenir, dans un flot de
paroles dolentes, elle plaida, sans fin :

— Ne te fâche pas, je t'en prie, faut pas m'en
vouloir, tu sais. Je t'aime bien, tu sais, car sans

cela je serais riche à présent. Peux-tu bien croire que je pourrais te lâcher, après avoir fait tout ça pour toi ? Crois-tu que je pourrais te faire des queues, pour le plaisir, avec des types que j'ai jamais tant vus, et puis laids... Oh! tu ne sais pas quelle tête il a, celui-ci... Mais nous avons des dettes...

Elle les énuméra nombreuses, très lourdes, et elle reprit :

— Ah ! si nous étions plus riches ! c'est là que je les enverrais paître, un bon coup, les michés ! Dis, tu le sais bien, tu ne m'en veux pas ? Dis?

D'un seul trait, sans une pause, Lucie avait précipité les mots, enfilé les phrases. Puis elle s'arrêta, fit un pas en arrière pour feindre un départ. Elle sentait bien la querelle interminée, mais elle voulait marquer à son amant la fermeté de sa résolution.

Lui, se tenait toujours adossé à la porte, immobile.

— Allons, c'est entendu, n'est-ce pas ? dit Lucie, qui recula, apeurée par ce silence.

Alors Zéphyr éclata :

— Tu vas rester ici, tu entends ! Ah ! il ne faut pas te foutre de moi comme ça; je sais bien ce qu'il en est, va... Avec ça que je t'ai pas vue entrer, l'autre jour, avec des hommes chez Merlin, aux *Trois Pigeons*, dans tous ces garnis, des vrais bordels !

Et sa voix montait; il criait, levant les poings.

Elle fut vexée de se voir découverte ; mais, comprenant que ces reproches permettaient une diversion, elle s'attarda à s'excuser avec de faciles mensonges : on l'espionnait, c'était du propre, et on se trompait encore. Aux *Trois Pigeons*, c'était Louise qui y demeurait avec Angèle, et les hommes c'étaient leurs amants. Bien vrai, conclut-elle, si on ne peut plus parler à un homme, maintenant !

— Oh ! oui, comme c'est malin ! Si tu crois que je coupe là-dedans. Marche toujours ; je sais bien ce qui en est ; tu veux refaire la noce, voilà tout. Tu en as plein le dos de t'être mise avec moi, voilà tout. Tu veux encore te faire éreinter la carcasse par ces cochons de bourgeois ! Et puis, Zyphyr, c'est bon quand il n'y en a pas d'autre...

— Tiens, tu me fais suer !

Lucie, qui jusqu'alors avait fixé sur son amant des yeux férocement attentifs, haussa les épaules, comme excédée par l'insanité de ces réclamations. Elle se détourna, se mit à contempler la vitrine de l'épicerie, à compter les yeux d'un gruyère qui embrassait, dans une entaille triangulaire, un bocal de cornichons et des boîtes de fil ; puis son regard se reporta sur les images d'Épinal qui tapissaient le fond, accrochées à une ficelle par des pinces de bois. Elle s'intéressa presque à ces colorations enfantines, jusqu'au moment où Zéphyr, qui s'était d'abord épandu en lamentations sur son malheur, finit par lui défendre de ramener cet homme dans sa chambre.

— De quoi, de quoi, ta chambre? Mais v'la de beaux jours que c'est moi qui la paie cette cambuse! Tu pourrais bien dire notre chambre, au moins ; et puis, nous verrons un peu si tu oses lui secouer la paillasse, t'es trop feignant pour ça.

Sans cesse la voix de l'amant s'élevait avec des intonations furieuses, éveillant la rue de son silence mort. Le rideau d'une fenêtre en face, s'était soulevé, et une tête avait apparu, le front collé à la vitre. Lucie l'aperçut, et gênée de cet espionnage, elle répondit tout bas :

— Bon! tu seras encore bien content de venir déjeûner avec moi, demain.

— Ah ça! pour qui me prends-tu, sale putain! hurla Zéphyr. Non tu sais, j'en suis pas encore là.

Il avait empoigné le bras de la fille et le serrait avec des secousses brutales si bien que Lucie d'abord contente d'avoir excité cette colère, se fâcha tout à fait.

— Ah ! Monsieur n'en est pas encore là! Elle est bonne celle-là! Mais mon pauvre ami, voilà trois mois que tu en es là, trois mois que je t'entretiens comme un joli petit macq que tu es.

Elle s'emporta, furieuse, déballant les raisons

qui lui faisaient juger son amant un souteneur. Et il n'avouait pas ! Il protestait ! Ce manque de bonne foi l'indignait. Elle lui reprochait rageu-sement la modicité de sa paye, son égoïsme, sa tenue propre, la manière infâme dont il avait profité d'une minute d'égarement pour s'attacher à elle « comme une sangsue, » et l'exploiter. Ensuite, quand elle fut à bout d'injures, elle s'at-tendrit sur elle-même, afin de trouver un thème à récriminations :

— Toujours faut que ces cochons d'hommes me fassent périr de misère ! Qu'est-ce que j'ai donc fait pour être malheureuse comme ça.

Elle pleurait.

Un flot d'idées tristes l'envahissait, elle rappe-lait son luxe perdu, sa vie de noce enterrée.

— Tant pis pour toi ! Fallait pas venir !

Le ton très dur de Zéphyr fit comprendre à Lucie qu'elle avait été trop loin. Elle craignit que l'épicier ne s'en fût pour toujours ; et, dans une vague terreur de l'inconnu, empoignée aussi par un amour-propre à la pensée d'être lâchée, elle se fit aimante et douce, transigea : « Elle n'avait pu faire autrement que le suivre ; il le savait bien ; il l'avait conquise tout entière. Et cependant, aujourd'hui, il méritait bien qu'elle le quittât. Mais ce lui était impossible. » Elle continua longtemps, larmoyante, d'une voix triste, avec des regards tendres. Elle avait poussé

Zéphyr dans l'intérieur de l'épicerie et lui, semblait s'intéresser peu à peu à son discours, refouler sa colère. Il hochait des doutes qu'elle sentait être tout d'apparence. Alors, elle reprit son idée première, peignit les créanciers en courroux, démontra la nécessité d'un prompt paiement.

— Et puis, tu sais (oh! ça je te le jure!), après ce coup là, ce sera tout; je ne recommencerai plus jamais ce métier-là. Pour sûr, ce sera la dernière fois. Oh! ça, je te le jure.

— Non, non, non, il arrivera ce qu'il arrivera, mais je ne veux pas.

— Non, mon chéri, je t'assure que personne n'en saura rien.

Et laissant cette affirmation, elle étala un amour exagéré pour son amant, une sollicitude de sa santé et de son bien-être : sans argent il n'aurait plus ni tabac, ni linge, ni monnaie de cabaret, et cela lui faisait de la peine.

Elle amassait les raisons, pressée d'en finir, craignant que l'ivrogne, en haut, ne s'impatientât. Et elle finissait par croire à ses paroles, se trouvant très bonne, très dévouée, jugeant Zéphyr bien méchant de résister si longtemps à de pareilles supplications.

— Tiens, c'est demain dimanche. Si tu veux, nous irons à Roubaix par le tramway à vapeur; ce sera gentil, hein?

Elle espérait cette promesse concluante et la brutale réponse de Zéphyr la désespéra :

— Hé je m'en fous pas mal !

— Oh ! ne dis pas cela, mon petit homme ! Et en revenant donc, en revenant, dis, Zéphyr, qu'est-ce qu'on fera? Réponds-moi, voyons, au lieu de faire une vilaine figure comme ça.

Lucie, se levant sur la pointe des pieds, voulut atteindre de ses lèvres la bouche de son amant.

— Fous-moi la paix, nom de Dieu ! c'est dégoûtant à la fin.

— Oh ! ne sois pas méchant comme ça ! Faut pas m'en vouloir, tu sais bien que je t'aime bien.

— Je ne dis pas. Mais c'est rudement infect tout de même. Et dire que si j'avais de l'argent ces saletés n'arriveraient pas. Oh ! du reste, je ne veux pas ; si tuy tiens, tu n'as qu'à débarrasser le plancher.

Lucie, sûre maintenant de vaincre, enfila ses excuses en suivant ce nouvel ordre d'idées :

— Qu'est-ce que tu veux, mon chéri, faut prendre la vie comme elle vient ; et puis nous avons toujours notre amour, ça console de tout.

— Oh, si encore c'était sûr, ça !

La fille l'enlaça, échauffa dans une longue étreinte le corps de son amant, sans parler, mais

soupirante ; et comme Zéphyr observait involon-
tairement :

— Tiens v'là le type qui s'en va, elle le serra
plus fort puis se dégagea rapidement, contente,
victorieuse.

VI

Le lendemain, Lucie dut aller chercher à l'épicerie, Zéphir qui faisait mine de ne plus vouloir rentrer. La scène recommença. Les mêmes récriminations s'échangèrent, et comme la veille, tous deux finirent par accuser la misère. Mais, fermement, ils décidèrent lutter désormais contre la mauvaise chance. Mieux valait manger par jour une seule fois, que recourir encore à un pareil métier.

Et bientôt la misère revint.

Pour la chasser, Lucie, sans en rien dire d'abord, usa des mêmes moyens. Et Zéphir s'en étant aperçu, elle répondit à ses reproches par un invincible argument : « Il faut vivre, se vêtir et manger. » Cependant le gain, facile lui remit en l'esprit ses rêves ambitieux. De nouveau, elle songea aux richesses, à ses projets de bonheur luxueux et ce fut un grand mérite à son sens, vouloir ainsi donner le bien-être à Zéphir, un si brave garçon.

Pour le consoler de ses déboires amoureux, elle lui ménageait une surprise, le dimanche, quand la semaine avait été bonne : une partie de campagne, une excursion en Belgique.

Ils faisaient de folles ripailles, une débauche de charcuterie, arrosée de bière blanche. Très vite l'épicier prit goût à cette existence ; ses réclamations se firent moins vives ; ses derniers scrupules fuyaient dans l'amollissement de cette vie commode.

Alors, Lucie, sûre de n'être pas entravée, ne garda plus de mesure. Et l'argent redevint l'unique objet de ses pensées. Un étranger, presque chaque soir, occupait la chambre de Zéphyr. Lui, derrière la porte, attendait la part du louis payé d'avance, pour aller coucher ailleurs.

Dans les premiers temps, il avait voulu étourdir ses rages jalouses, oublier le mépris de soi qui le poignait, et il s'était mis à faire la noce. Chaque nuit de découchée, les lupanars le recevaient ; il fut bientôt connu des filles, choyé comme une bonne pratique. Et, dans une inconsciente comparaison, il en vint à trouver ennuyeuse Lucie, lui préféra ces femmes, toujours disposées à le satisfaire, et toujours paraissant

gaies. Elle, souvent, répondait par une parole
dure à ses demandes amoureuses, dans une lassitude de l'homme, dégoûtée, enfin, par la continuelle prostitution de sa chair.

C'est que Lucie sentait décroître son attachement pour Zéphyr. D'abord, dans la reprise
de ses vieux projets, elle avait placé très
haut son amant : pour lui surtout elle rêvait
s'enrichir. Mais, déjà, elle s'avouait que cet
homme ne lui plaisait plus. Comme les autres, il
cherchait à l'exploiter, et puis, franchement, elle
s'était fait illusion. Il n'était ni beau, ni spirituel. Tout au plus lui avait-il marqué, un jour,
une grande bonté d'âme. Et cette bonté, elle
l'avait payée, n'est-ce pas, et d'un juste prix.
Peut-être même l'espérance du paiement avait
seule poussé le garçon à cette compassion subite.
Elle ne pouvait cependant se risquer à le quitter.
L'aventure de ses meubles brisés l'avait rendue
très craintive, et elle se sentait plus confiante,
lorsqu'elle voyait les michés entrant dans sa
chambre, ébaucher une grimace d'appréhension
dégoûtée à l'adresse de Zéphyr qui rôdait dans le
couloir. Elle avait de lui un besoin constant et
s'apeurait de ses départs. Mais quelquefois, lorsqu'il demandait de l'argent, élevant sans cesse
le tarif de ses exigences, elle s'emportait et l'in-
sultait, dans un grand désir de le [voir rompre.
Lui, ne se formalisait plus. Bonnassement, avec

une inflexion de regrets pleurards, il geignait :
« Va, c'est bien malheureux ! Mais aussi, c'est de
ta faute ; c'est toi qui m'as rendu comme ça.
Avant j'étais honnête. » Ce reproche, souvent
répété, faisait naître en Lucie une forte émotion.
Elle s'apitoyait aussitôt ; elle se sentit obligée à
ne pas abandonner cet homme qu'elle avait perverti, persuadée que son influence seule l'avait
changé en souteneur. Et, tout à la fois très fière
de cette influence qui avait, croyait-elle, fait une
victime, chagrinée de cette puissance mauvaise,
elle se reprenait, pour un instant, à aimer Zéphyr
d'une affection protectrice. Elle lui donnait son
gain largement, pour réparer, pensait-elle.

L'homme, voyant l'efficacité de ses manœuvres, demandait de plus en plus. Et, à mesure
qu'il obtenait plus, ses besoins avaient grandi. Il
avait renoncé maintenant aux bordels malpropres du quartier Saint-Sauveur. Il fréquen-
tait les lupanars luxueux, vêtu d'un complet très
propre, pour que sa mise ne jurât pas avec celle
des commis-voyageurs et des étudiants. Il jetait
l'argent aux filles, sans compter. Dans son com-
merce continu avec elles il devint brutal. Il avait
des expressions violentes, des grimaces furieuses.
Et ce mélange de bonhomie et de violence inti-
midait Lucie, avait sur elle une grande prise.
Elle n'osait plus rien refuser. Depuis longtemps,
il avait quitté l'épicerie : le patron, fatigué de

ses inexactitudes et de sa paresse, l'avait chassé.
Ce fut alors la femme qui paya tout, la man-
geaille, les filles, les habits, le tabac. Bientôt
même Zéphyr lui prit ses recettes, criant et se
fâchant, quand elle hésitait à lui remettre tout
l'argent gagné. Chaque jour, au déjeûner, c'étaient
des réclamations sans fin, des criailleries. Et,
dans le flot de ses injures, Zéphyr aggravait sans
cesse le même reproche : il accusait Lucie de
l'avoir perverti.

Ce reproche affolait la fille, rendue stupide par
une débauche continue. C'était comme un remords qui la lancinait, lui faisait hausser les épaules avec un frisson, quand elle y songeait. Pour
échapper à cette obsession torturante, elle devait
inventer quelque distraction, s'acharner au gain.
Elle se livrait à tous et partout, sans mépris
pour les minimes profits. Elle se donnait le soir
dans l'encoignure des grandes portes, sur les
bancs des boulevards déserts, contre les arbres
du rempart. Et, vite, avec une joie avide, elle
enfouissait dans sa poche l'argent quémandé,
presque volé. Les rêves de richesse étaient aban-
donnés; son amour d'elle-même avait décru. Elle
ne se frisait plus; ses cheveux, collés sur le
front par une pommade luisante, couvraient la
peau jaunie. Ses bottines éculées restaient embouées durant des jours, gardant la glaise des
remparts; et, sous ses vêtements tachés, seul, le

jupon blanc à broderies, battait encore, comme
une enseigne de sa propreté professionnelle. Elle
mettait un chapeau, ne le quittait point; mais
c'était seulement parce qu'il autorisait l'exigence
d'un tarif plus élevé. Et, jour comme nuit, elle
se vendait pour un louis, pour dix francs, pour
quarante sous.

Sortant des bras d'un monsieur, parfois elle
courait après un soldat, ajoutait sa pièce blanche
au louis, se disant tout bas : « Tiens, comme ça
Zéphyr sera content. » Elle courait vite jusqu'à
la rue Malpart, dans l'impatience de procurer
une joie à son amant, et ne le trouvant point,
mettait sur la table l'argent gagné, dans un bonheur de tout donner, où se mêlait souvent l'espérance de ne plus voir Zéphyr avant le lendemain
et d'échapper à ses mauvaises paroles. Puis,
lorsque cinq heures sonnaient, elle venait se pos-
ter à la porte des casernes, pour se livrer encore.

Maintenant Lucie Thirache vivait dans une
torpeur abrutie. Elle marchait somnolente par
les rues ; les objets lui apparaissant à travers
une buée tremblotante.

Au commencement de sa liaison avec Zéphyr,
elle avait repris la vie de noce, autant pour
satisfaire ses appétits érotiques, que pour échapper à la misère. Mais, peu à peu, l'abus des plaisirs avait émoussé son éréthisme ; l'apaisement
de ses ardeurs lui était venu ; et les pratiques

lascives lui avaient semblé à la longue des cor-
vées à exécuter nécessairement. Impuissante,
dès lors, à éprouver une jouissance amoureuse,
grondée sans cesse par Zéphyr, qu'enhardissait
sa veulerie, elle s'habitua à dormir continuellement pour esquiver ses chagrins. Dans ses moments de loisir, enfin sans dégoûts et sans craintes, elle s'anéantissait en un sommeil lourd,
jusque l'instant où un ordre de son souteneur
l'éveillait brutalement, la poussait dehors, titu-
bante, les yeux clignotants à la lumière.

Cependant, elle n'aimait pas Zéphyr. Elle lui
restait attachée par un remords vague, une
molle habitude qui lui défendait toute résistance
et l'empêchait d'échapper à sa sujétion.

Alors la maladie l'attaqua.

Elle ressentait d'étranges douleurs. Sa tête
s'alourdissait, envahie de continuelles migraines ;
et lorsqu'elle faisait sa raie, elle remarquait à
l'occiput une tache qui chaque jour devenait
plus foncée. Sa marche s'embarrassait. Souvent,
dans ses vadrouilles, elle devait s'asseoir. Elle
avait la sensation d'un poids dans les aines, et
lentement, son ventre s'enflait. Mais, pressée de
suffire au gain exigé, elle restait debout, allait
toujours sans se préoccuper du mal en crois-
sance. La nuit, toutes ses douleurs s'éveillaient
plus vives, rendues atroces par une continuelle
insomnie.

L'hydropisie du ventre devint telle, que Lucie
dut interrompre son métier. Elle se coucha,
croyant à une grande fatigue que le repos devait
dissiper.

Dès lors, Zéphyr ne fit plus dans la chambre
que de courtes apparitions, la consolant d'un
geste avant de repartir. Il ne formulait plus de
reproches et lui conseillait même quelques
remèdes. Comme elle n'avait plus d'argent pour
les acheter, il lui proposa mettre lui-même ses
robes au Mont-de-Piété. Elle, dans sa fièvre, fut
émue de cette bonne attention. Elle accepta, et
d'une voix très douce, lui demanda :

— Dis, si ça te dérange, je peux bien y aller
encore moi-même, chez ma tante. Je ne suis pas
si malade.

— Tu plaisantes, je ne veux pas que tu te lèves.
Ne bouge pas, je reviens tout de suite avec ce
qu'il faut.

Les souliers neufs de Zéphyr, des souliers vernis, craquèrent sur les marches de l'escalier. A
l'église de Saint-Sauveur, huit heures sonnaient.
Lucie entendait la pluie tomber, lugubre, et de
sa fenêtre, elle voyait le mur énorme de l'hôpital
Gantois, que l'eau striait de noir.

Jusque trois heures, elle attendit le retour de
son amant. Une voisine l'étant venue voir, elle la
pria d'aller chercher Zéphyr. La femme raconta
l'avoir trouvé au cabaret, chantant. Il avait

répondu : « Ah! elle m'assomme, cette vieille
peau-là! » puis, il s'était remis à chanter. Et la
voisine déblatéraitcontrecettecanaille, unhomme
qui devait tout à Lucie.

— Allez, dit la fille, il ne faut pas lui en vouloir : c'est moi qui l'ai rendu comme ça.

Et toujours dans ses longues explications, elle
répétait :

— Que voulez-vous, c'est moi qui l'ai rendu
comme ça; il m'aime bien tout de même.

A neuf heures, le soir, Zéphyr rentra dans la
chambre, très ivre. Il eut une crise de larmes à
la vue de Lucie, s'agenouilla près elle, épancha
un flot d'excuses repentantes. Et la fille, dans
une joie de le voir si humble, lui pardonna, prête
à s'accuser elle-même.

Un repos continu, l'arrêt momentané des
fatigues charnelles la remirent sur pied. L'en-
flure de l'abdomen disparut complètement. Mais
au sommet de l'occiput, Lucie devait ramener ses
cheveux en haut chignon, suivant la mode, pour
dissimuler la tache brune, qui chaque jour grandissait.

Lorsqu'elle put sortir, elle recommença se
vendre à tous, entretenir son amant.

VII

Comme trois heures sonnaient à l'horloge de l'hôpital Sainte-Eugénie, une douleur éveilla Lucie Thirache. Quelques instants elle resta immobile, toute gémissante, cherchant à rappeler le sommeil qui s'enfuyait. Mais bientôt, elle sentit au bras gauche une sorte de broiement ; ses os semblaient éclater dans une étreinte qui ne cessait pas. Elle dut étendre le bras sur les couvertures, et ce mouvement la tira de sa torpeur.

Il était bien pénible ne pouvoir reposer après une telle fatigue ! Elle était si lasse ! Toute la journée, elle avait souffert à la suite de l'opération du matin : l'extraction d'un os à la jambe. Quelle terrible maladie. Elle sentait partout des lancinements et des brûlures. Les os s'effritaient, se cassaient, perçaient ses chairs. La peau sem-

blait trop étroite pour ses membres gonflés, la
pressait en une gêne continuelle. Et sa nuque,
endolorie par une même position gardée trop
longtemps, avait une raideur intolérable... Elle
allait essayer changer sa tête de place, très doucement, car la plaie du crâne suppurait fort, et elle
était mouillée jusque dans le cou.

Une plainte rauque frappa ses oreilles. C'était
l'hystérique, une assommante femme, qui criait
toujours. De sa main valide, Lucie écarta le
rideau, aperçut le mur jaune, la veilleuse auréo-
lée de faibles rayons, les tentures enfermant les
lits et sur des matelas posés à terre, une forme
blanche qui se débattait, se roulait, s'étirait.
Parfois, la face apparaissait livide, où la bouche
ouverte faisait un trou noir. La fille haussa les
épaules, impatientée par la vue de ces contorsions.

N'allait-elle pas bientôt finir, celle-là ! Il fal-
fait encore entendre les plaintes de cette toquée,
comme si elle n'avait pas assez de sa maladie
pour l'empêcher de dormir ! Voilà. maintenant,
qu'elle s'était fait mal en se recouchant, et ses
chairs semblaient se déchirer à nouveau. Oh ! sa
tête était lourde ! Un bandeau enserrait étroitement son front ; on aurait dit que des billes de
plomb roulaient dans son crâne et en venaient
cogner les parois. Les pommettes et ses joues
ardaient. Le sommeil ne venait pas ; malgré elle

ses yeux s'ouvraient à chaque seconde; le moindre craquement excitait son attention. En cet
éveil forcé, elle contemplait la salle, par désœu-
vrement. Ses regards allaient de lit en lit, sui-
vaient les plis des rideaux, aux cassures effacées
en la pénombre grise. Dans les hautes fenêtres,
des carrés de ciel bleu se découpaient tout écla-
boussés du scintillement stellaire. Et, par intermittences, il y avait un bruit de draps froissés,
de ressorts craquants et tintants.

Et la douleur reparaissait plus vive. Certainement le docteur se trompait en affirmant qu'elle
était reprise de son ancienne maladie. Autrefois,
elle n'avait jamais été ainsi torturée. D'ailleurs,
les accidents avaient tout à fait disparu, depuis
deux ans, depuis son départ de Douai... Pourvu
qu'en sortant d'ici on ne la mit pas dans un atelier religieux ! Elle n'en voulait plus! Que
deviendrait Zéphyr sans elle? Elle serait encore
obligée à se confesser, à travailler tout le jour
pour ne presque rien gagner.

Lucie s'assoupissait, tout en geignant. Soudain.
du rideau pendu au lit, lui faisant face, une cor-
nette blanche parut s'avancer, surmontant un
long tablier dont la bavette était ornée d'une
croix : c'était la sœur Sainte-Thérèse. Elle la
reconnaissait bien; elle venait la chercher pour
la rendre à Douai. Oh non, il ne fallait pas l'emmener ! Elle devait maintenant se dévouer tout

entière à Zéphyr qu'elle avait perdu. Elle ne
pouvait plus le quitter sans crime... Elle se
défendait contre la religieuse, répétant tout bas :
« non, non, » très bas, dans la crainte que l'infirmière ne survînt...

L'infirmière était devant Lucie menaçant du
geste l'hystérique qui, tombée de ses matelas, les
jambes en l'air, se tordait les mains et hurlait.
Elle s'efforçait à la recoucher. Un moment, la
fille examina la face convulsée de la furieuse, la
tache de clarté éblouissante qu'un bougeoir, posé
à terre, mettait sur le groupe ; au-delà tout était
gris mauve, et dans le plis des rideaux de longues traînées bleuâtres s'allongeaient ; aux fenêtres, le ciel pâlissait.

Lucie avait soif, elle appela l'infirmière, lui
demanda à boire.

— C'est bon, je vais vous donner de la tisane.

La femme s'éloigna, emportant son bougeoir,
un rond lumineux la précédait, blanchissant,
devant elle, les tentures des lits ; de grandes
ombres noires les léchaient, qui montaient se
perdre dans le plafond, et quand l'infirmière
était passée, tout retombait dans l'uniforme
pénombre.

Heureusement, pensait la fille, qu'elle s'était
réveillée, qu'elle avait pu échapper à ce vilain
cauchemar. Elle était sans doute bien plus mal,
puisqu'elle ne pouvait dormir sans rêver d'af-

freuses choses. Elle ne finirait donc pas, cette
maladie! Voilà un mois qu'elle était couchée
dans ce lit d'hôpital, un mois, c'était si long!

Zéphyr que devenait-il?

Pauvre Zéphyr!... Et cette douleur qui ne cessait pas. Il lui semblait toujours qu'on la broyait,
que sa peau allait éclater sous la pression inté-
rieure d'une bouillie fermentante de chairs et
d'os brisés. Et partout un pus suintait; elle sentait sur ses jambes dégouliner, en minces filets,
une liqueur tiède et elle se vautrait dans des
draps humides. Qu'avait-elle dans le corps qui
s'écoulait ainsi, sans arrêt?

— Eh bien, vous avez une rude fièvre, vous.
Buvez ça... Ce n'est pas bon, hein? Ça vou
apprendra à faire la noce.

— Merci, Madame, répondit Lucie Thirache
en rendant la tasse.

Quand l'infirmière fut partie, elle maugréa:
Faire la noce! faire la noce! Avec ça que c'est
commode d'agir autrement quand on n'a pas le
sou! Et puis, est-ce que toutes les femmes ne
faisaient pas la noce! Elle était plus franche que
les autres, voilà tout... Oh! maintenant les crampes d'estomac la reprenaient. Tout remuait en
son ventre, ses boyaux se tordaient, des éructa-
tions lui montaient à la gorge, successives, lui
faisaient ouvrir la bouche sans cesse, secouaient
sa poitrine. Oh! si ça continuait ainsi, elle fini-

rait par mourir ! C'était cette idiote d'infirmière
qui l'avait mise en cet état. Faire la noce !
c'était encore plus propre que de laver les saletés
des malades, d'aller torcher tous les numéros
les uns après les autres. Elle l'embêtait à la fin,
celle-là, avec ses airs de sainte-nitouche ; une
femme qui avait eu quatre enfants ! Elle ne les
avait pas faits par l'oreille, bien sûr... Enfin, le
mal se calmait un peu. Elle allait essayer se
rendormir, si cette brute d'hystérique ne gueu-
lait plus. Faire la noce ! faire la noce ! On lui
reprochait tout, à elle, parce qu'elle avait été en
maison ! Elle n'était pas la seule, peut-être...

Elle s'endormit.

.... « Ah ! on allait commencer ! Le théâtre
était bien éclairé... vraiment, et puis, il y avait
beaucoup de monde... Merci, Madame Donard,
vous avez été bien aimable de nous amener...
Vous ne savez pas ce qu'on joue ?... Ah ! vous ne
savez pas... Je vais chanter, parce que j'ai été
chanteuse avec Dosia. Vous l'avez connue Dosia,
n'est-ce pas, madame Donard ? Oui... Me voilà
en scène, je vais chanter. Oui ! mais qu'est ce
qu'on joue ? Je ne peux pas chanter si je ne sais
pas ce qu'on joue. Voyons, vous êtes ridicule...
Léon à l'orchestre ! Il joue du violon... Ah ! voilà
le père Donard qui me fait des signes là-haut,
aux secondes, dans la loge du 7, et Laurence qui
me fait des grimaces. Attends un peu, sacrée

garce, tu vas voir comme je vais te coller un coup de peigne dans le derrière... Bon, elle ne pouvait pas retirer son peigne maintenant. Tiens, Léon à l'orchestre! Il joue du violon, et puis Charles, et puis Georges. Oh! quelles drôles de têtes ils ont! Ah! ah! ah! ah! Peut-on avoir des binettes pareilles! Il y a aussi Zéphyr, et puis Henry, Lucien, Ernest... Ils sont tous là. Quelles bonnes balles! Ils jouent du violon tous ensemble. Vont-ils vite! Vont-ils vite!... Arrêtez donc, que je chante... Bon, les v'là sur la scène maintenant. Laurence! Laurence! sale putain! lâche ce tison rouge, tu vas me brûler. Ne me brûle pas... Oh! il fait tout noir. Elle me poursuit. Et Georges qui me vise avec son fusil. Ah! je suis sauvée; je ne vois plus rien... Oh! cet escalier, comme il descend... toujours! On n'en voit pas la fin... des rampes après des rampes; tout cela tourne dans un trou sans fond. Ah! je ne les entends plus... Voilà les dernières marches; il n'y a plus d'escalier, mais un trou très noir... Zéphyr, pourquoi veux-tu me tuer? Ne me tue pas! Laisse-là ta hache, je te donnerai l'argent! ...Ah! tant pis, je me jette!... »

Oh! qu'elle s'était fait mal. Elle avait voulu se retenir avec son bras malade. Non, elle ne dormirait plus, pour faire de sales rêves comme ça. D'ailleurs, il faisait presque jour.

Une clarté bleue, uniforme sur tous les objets,

jusque sur l'hystérique, enfin empoignée par le sommeil et ronflant presque nue, les membres épars. Au bas des fenêtres, une large bande rouge ; au-dessus, un ciel jaunâtre, puis blanc, d'un blanc azuré où brille une petite étoile.

Quel abominable sommeil ! Est-ce que maintenant elle dormirait toujours comme ça ? C'était plus fatiguant que la veille. Quelle peur ! Elle avait de la sueur partout, et son mal de tête était encore bien plus intense.

Voyons, il fallait essayer se remettre... Il allait faire bien beau aujourd'hui... Un temps d'été... Oh ! l'été d'autrefois... Saint-Quentin, les bords de l'eau, une barque pourrie, remisée en un champ où elle s'asseyait avec Léon, lors de ses premiers rendez-vous. Il l'embrassait partout, et elle se défendait, se fâchait, et lui, répondait toujours : c'est ta faute aussi, pourquoi es-tu si belle ?

Mais aujourd'hui elle n'était plus belle ! Elle considéra ses mains : les veines, les artères dilatées, gonflées, formaient un réseau bleu sous l'épiderme rougi ; aux ongles des bleuissures se montraient avec, par endroits, des points violâtres, presque noirs.

Elle se désola ; la main, hier, n'était pas violette ainsi. Décidément, le mal ne décroissait pas. C'était interminable. Ah ! peut-être, l'autre bras allait-il mieux ! Elle allait le démailloter.

A grand peine, dans une appréhension de se faire souffrir, elle défit les bandes enroulées. L'une à l'autre, elles étaient unies par un pus sanglant, desséché. Lucie ressentait un picotement douloureux en les décollant. Sous ses doigts, les linges craquaient, demeuraient en une spirale roidie. Et, à mesure qu'elle démaillotait, les cercles jaunâtres qui tachaient la toile s'amplifiaient et brunissaient. Enfin, le membre apparut à découvert. La peau était tendue, lisse, fine, sans une ride. Le poignet avait perdu ses formes et présentait seulement une bouffissure rougeâtre, pâteuse, indécise de contours, sous laquelle un liquide pâle fluctuait. D'étroites fentes une liqueur livide sourdait, rubéfiée de fils sanglants.

Ça n'allait pas, pas du tout!... Elle n'aurait pas dû regarder : cette vue lui faisait mal. Et puis, maintenant, ça coulait plus fort. Une douleur insupportable l'avait prise au bras, partout. Elle était comme serrée dans un étau et malgré cela un vide l'envahissait, son corps s'allégeait dans un affaissement.

Lucie laissa retomber sa tête pesante. Il y eut le bruit d'une vessie qui s'écrase; un liquide chaud coula de son crâne, lui inonda le cou et les épaules. Oh! tant pis, elle ne remuerait plus. Ça lui faisait trop de mal!

D'abord, elle ne sentait plus sa tête, ni ses mains, ni son corps, plus rien! Elle éprouvait seulement une immense douleur, sans savoir où. Elle voulut fermer les paupières et ne put y parvenir.

Elle restait étendue sur le dos à regarder fixement, le ciel de lit tout blanc.

En haut le soleil rayonnait dans les vitres brillantes. Les murs s'illuminaient, la poussière épandue partout scintillait, au plafond les lézardes se doraient.

Quel malheur! Ne pouvoir sortir par un si beau temps! Comme il serait bon se promener à la campagne avec un amant chéri. Bien longtemps encore elle resterait couchée sans se donner ce plaisir! Bah! elle était folle! Elle se guérirait... comme la première fois. Dans une huitaine, elle serait sur pied, et elle irait à Paris rejoindre Léon, le seul homme désirable... En le revoyant, elle l'aimerait tout de suite... Quels délicieux baisers!... Et puis, elle lui ferait raconter ses amours, simulerait une bouderie pour qu'il la caressât fort, afin de l'apaiser... Alors la réconciliation viendrait, et ils s'aimeraient...

Oh! comme tout s'obscurcissait autour d'elle. Elle ne voyait plus les rideaux... à peine encore le volant du ciel de lit... Tout lui semblait jauni, dans une buée d'or... Et l'or occupait toute sa vue. C'est qu'elle allait dormir... Oh! les charmants rêves qui viendraient l'enchanter... Elle reverrait Léon..... l'aimerait d'une passion immense... ineffable. Ils se perdraient... tous les deux dans une jouissance infinie... Et puis, ils ne verraient plus rien... rien que de l'or... tout autour... comme ça... plus que des nuages blancs et dorés... une brume délicieuse... douce. Ils ne sentiraient plus que leurs chairs veloutées... si fines... si suaves... si voluptueuses... infiniment.

— Eh bien, le 8, ça ne va pas, hein? ce matin?

Et ils seraient d'or... tous les deux... d'or blanc... très léger... très pur... ils rouleraient dans les nues... une caressante... Le docteur?... Oui, elle allait très bien... Elle allait voir l'amour... l'infini amour... éternel... toujours.

VIII

(Mod. 363.)

HOPITAL
Ste-Eugénie
DE LILLE

Circulaire du 1er décembre 1862.

BILLET DE SALLE

SALLE *Sainte-Cécile* — LIT N° 8

Le **9 Juin**   1883 est entrée, la nom-
mée   *Thirache, Lucie-Louise-Augustine,*
agée de **24**   ans, profession
marié à
née à *St-Quentin,*   département de *l'Aisne,*
demeurant *rue Malpart, 19, à Lille.*

L'Administrateur de service,
Flamiroux

MALADIE : *Osteite et hépatite syphilitique.*
Décédée le 7 *Juillet* 1883

Le Médecin,
Buisart

'u
des entrées :
3

N· du Paquet
des effets :
247

Durée du séjour
28 jrs

N· du Registre
des entrées :
3

BILLET DE SORTIE (*)

Noms et prénoms :
Thirache, Lucie-Louise-Augustine
Date de l'autorisation de sortie,

Vu au bureau des entrées,

(*) Ce billet doit être détaché du billet de salle et remis au
concierge par le sortant.

Lille. — Imp. Lefebvre-Ducrocq   -178

BIBLIOGRAPHIE

MONSIEUR VÉNUS

ROMAN MATÉRIALISTE

PAR

Rachilde & Francis Talman

1 vol. in-12 à **3 fr. 50**

———————

Cet ouvrage autour duquel il a été fait
passablement de bruit, révèle des tendances littéraires que nos lecteurs pour-
ront apprécier après avoir lu les extraits
suivants de quelques journaux :

Monsieur Vénus : tel est le titre du singulier et
curieux « roman matérialiste » qui pourrait aussi bien
s'appeler : *le poème de la chair*, et que les auteurs,

— des jeunes et des audacieux, — Rachilde, une femme, et Francis Talman, Raoul et Jacques peut-être, — Raoule très probablement — dédient à la beauté physique.

A la première lecture, l'impression ressentie est celle de la fatigue et du dégoût. Vingt fois, on est tenté de rejeter au loin le livre, et vingt fois, on se reprend à lire avec avidité, attiré par je ne sais quoi de malsain et de vicieux qui parle brutalement à vos sens surmenés. Mais, ce cap des tempêtes passé... sans accident, si vous avez le courage de relire une seconde fois, très attentivement, cette étrange conception, le livre vous apparaît alors sous un jour tout nouveau. C'est-à-dire comme un cas pathologique assez semblable à celui qui dicta « Charlot s'amuse! », avec cette différence que le cas de *Raoule* et de *Jacques* est plus extraordinaire encore, et, pour ainsi dire, impossible à expliquer autrement que comme résultant d'une imagination malsaine et viciée par une éducation déplorable... en ce qui concerne les choses de l'amour. On sent que le marquis de Sade a passé par là.

. . . .

Quoi qu'il en soit, j'engage les amateurs à lire ce très curieux volume qui, comme je l'ai dit en commençant, fera quelque tapage et sera très discuté... et cela d'autant plus qu'il est réellement très discutable.

(*Avant-Garde.*)

—

Monsieur Vénus, par Rachilde et Francis Talman. Aug. Brancart, éditeur à Bruxelles.

On m'avait parlé de ce livre comme on parle de cette *Gamiani* que les imbéciles continuent d'attribuer à Alfred de Musset, et qui n'est, par la pauvreté du style et par l'absence complète de forme, que l'œuvre de quelque commis-voyageur en goguette.

Je dois avouer que je n'en ai pas coupé le premier feuillet sans une certaine répugnance. Pourtant, cette concession faite à mon sentiment personnel, j'ai parcouru l'ouvrage d'une seule traite, tant il est vrai que l'art élève toutes choses dans une sorte de région sereine, en les couvrant de son manteau magique. J'ai donc été jusqu'au bout, captivé par le soin avec lequel ce livre est écrit, intéressé malgré moi par ces vives touches de couleur et par l'inexorable justesse des lignes qui, parfois, semblent creusées au poinçon plutôt que tracées au crayon...

Que dirait le naïf et simple papa Rabelais (que naguère on osait accuser de licence!) Le sain, l'honnête et pur Rabelais, que deviendrait-il en lisant cette phrase écrite par une jeune femme auteur, en cette fin de siècle :

« *Être Sapho, ce serait être tout le monde!* Mon
» éducation m'interdit le crime des pensionnaires et
» les défauts de la prostituée. J'imagine que vous me
» mettez au-dessus des amours vulgaires? »

Ce livre bizarre sera lu et fera réfléchir. Il est terrible et inquiétant comme un symptôme de cette décomposition verdissante dans laquelle nous sombrons. J'avoue, pour ma part, n'avoir pas tout compris. Oui, Mademoiselle, j'en fais l'aveu en rougissant....

Je ne demande pas mieux que de vous emboîter le pas sur ce chemin semé de nids de roses et d'abîmes, mais je n'en connais pas, comme vous, toutes les sinuosités et mon pas est hésitant.... Passez devant, Mademoiselle.

(TINTAMARRE).

—

Extrait de la *Chronique judiciaire* de Paris :

Il semble qu'une nouvelle mode tende à s'introduire dans le roman moderne. A l'école documentaire succède l'école physiologique. Après les *Faiseurs d'Hommes*, dont toute la presse parisienne s'est vivement occupée, voici MONSIEUR VÉNUS, par Rachilde et Francis Talman, que vient de publier l'éditeur Brancart. C'est l'étude d'un cas très invraisemblable de perversion, étude détraquée, folle, ridicule, mais attachante au point de vue des tendances qu'il fait pressentir.

Certes, il serait puéril de montrer une pudibonderie outrée pour cet ouvrage bien mené et bien écrit ;

mais nous ne pouvons nous défendre d'une certaine crainte, en songeant que des auteurs plus puissants seront peut-être entraînés vers ce genre maladif et malsain, qui sort de la littérature pour entrer dans la pire des thèses paradoxales. MONSIEUR VÉNUS ne manquera pas d'avoir un très grand succès de curiosité ; mais nous réprouvons absolument l'esprit dans lequel il est conçu.

———

Colombine, du *Gil Blas*, donne de MONSIEUR VÉNUS l'appréciation suivante :

..... Et pour un rien, dans la vie comme dans les livres, je dirais volontiers que la grande immoralité, c'est le goût des amours stériles. Ce goût, à n'en pas douter, grandit dans notre société. Il faut aller dans les campagnes pour trouver les belles filles et les gars vigoureux qui s'en tiennent au doux péché de nos premiers parents. La littérature qu'on accuse, à tort si souvent, de corrompre les mœurs en racontant les mœurs corrompues, a été, depuis vingt ans, insensiblement conduite à nous donner le tableau de ces chercheuses de plaisirs, vierges ou femmes, qui ne craignent rien au monde, rien que d'être mères. Je viens ainsi de lire un livre, bizarre jusqu'à la folie, qui s'appelle MONSIEUR VÉNUS ! J'en veux dire un mot : c'est une curiosité de notre temps.

L'auteur du livre, dans sa préface, prévient le lecteur que, pendant qu'il lit ce roman, l'héroïne passe peut-être devant sa porte. Je le crois bien. L'héroïne ne saurait être que l'auteur lui-même, qui a jeté sur le papier son épouvantable cauchemar d'amour. Je l'ai vue passer, cette héroïne, c'est une jeune fille de vingt ans, de race slave, étrange et belle, ayant les cheveux d'or d'Aphrodite et les yeux verts d'Athéné. Et savez-vous ce qu'est son livre, son histoire? Quelque commentaire nouveau des vers de Sapho? Allons donc! Sapho, elle le dit elle-même, est « vieux jeu » et Lesbos se trouve à tous les coins de rue. Cette histoire, c'est celle d'une femme qui se marie et par une effroyable perversion de toutes choses, fait de son mari une femme et d'elle-même un homme.

Voilà ce qu'invente, ce que rêve une fille de vingt ans!

LA LÉGENDE

DU

Parnasse Contemporain

Par Catulle MENDÈS

Un vol. in-12 à **3** fr. **50**
Portrait de l'auteur à l'eau-forte **0** fr. **50**

———————×———————

Après avoir éloquemment et spirituel-
lement conté, dans une série de quatre
conférences, ce qu'il appelle : *La Légende
du Parnasse contemporain*, M. Catulle
Mendès a eu l'excellente idée de publier
ces causeries qui sont et resteront un
document précieux pour l'histoire de notre
littérature. Q'on nous permette de faire
passer sous les yeux de nos lecteurs, l'appréciation suivante qu'en donne le *Gil
Blas* :

Cette « Légende » du Parnasse, qui nous reporte,
— Eh! oui, déjà! — à plus de vingt ans en arrière,

qui, pouvait mieux la conter que Catulle Mendès,
apôtre des Parnassiens? Qui, mieux que lui, pouvait
rapporter les belles heures d'enthousiasme et de foi, où
soutenus par l'ardeur de leurs convictions littéraires,
une pléiade de jeunes poètes, secouant, avec des allures
un peu capitanes, leur crinière léonine, entreprenaient
en l'honneur de leurs idées, les plus vaillantes croi-
sades !

Quelles colères soulevèrent les Parnassiens, en leur
temps, ou quelles railleries ! Aujourd'hui, les théâtres,
les libraires, les journaux, sont ouverts à la plupart
d'entre eux : Sully-Prudhomme et Coppée, sont même
académiciens !...

Ce fut réellement une époque curieuse que cette
époque de néo-romantisme, que Catulle Mendès fait
revivre en un livre infiniment séduisant et artiste, et
où il ne se défend pas toujours de quelque émotion, au
souvenir des ardentes camaraderies d'autrefois, nées
d'un amour commun, des belles rimes et des beaux
vers, et d'un souci singulier des élévations intellec-
tuelles.

Les histoires mélancoliques, aventureuses ou folles,
abondent, on l'imagine bien, au milieu de ces pages de
critique. C'est ainsi qu'il y a des choses charmantes sur
les débuts de Coppée, qui s'appelait Françis et non
François, en ce temps-là.

M. H. Vaughan a consacré dans *l'In-
transigeant*, les lignes suivantes à *La*

Légende du Parnasse contemporain :

« M. Catulle Mendès rappelle d'abord à quel point furent raillés, bafoués, vilipendés, tournés en ridicule les *Parnassiens :* « Des poètes dont le crime le plus sérieux était de ne pas ignorer totalement la syntaxe française et d'aimer le son des belles rimes?... des enfants, parmi lesquels se trouvaient ces hommes futurs : François Coppée, Léon Dierx, Sully-Prudhomme, Villiers de l'Isle-Adam, Léon Cladel et bien d'autres. »

Bien d'autres, en effet, — Catulle Mendès lui-même, par exemple — et l'auteur ajoute avec une ironie : « Il serait pourtant bien difficile de faire croire aujourd'hui, que ces noms étaient alors des noms d'imbéciles ! »

Puis sont successivement évoqués, avec une verve endiablée et une bonhomie adorable, les divers autres fidèles de la *Revue fantaisiste* et de l'hôtel du *Dragon Bleu.* C'est un fourmillement d'anecdotes réjouissantes et de jolis vers.

Et Catulle Mendès a cet avantage d'avoir été l'initiateur du groupe, dont il se fait l'historien. Je ne saurais mieux le comparer qu'à l'auteur de la « Défense et illustration de la Langue française », Joachim du Bellay, l'une des plus pures gloires de la *pléiade.*

Extrait du *Voltaire* de Paris :

M. Catulle Mendès, faisait naguère quatre conférences très remarquables sur *La Légende du Parnasse contemporain.*

Ces conférences, il les avait préalablement écrites, se défiant « d'une émotion probable ». Avec une coquetterie tout artistique, il prend soin de faire observer au lecteur, qu'elles ont été improvisées cependant, qu'il dictait dans la journée ce qu'il devait dire le soir, et qu'il n'a rien retouché ni remanié pour faire passer ces causeries du manuscrit au livre.

J'en donne acte au délicat écrivain et je constate qu'il improvise à merveille.

On trouvera dans ce livre, l'histoire des Parnassiens à côté de leur Légende et de nombreuses citations poétiques qui ajoutent, par l'excellence du choix des morceaux à l'attrait vif des récits.

Je recommande en particulier les pages bien curieuses consacrées aux aventures et mésaventures d'Albert Glatigny, roman comique et douloureux à la fois.

———

L'article qui suit est extrait de *la Jeune France* :

L'hiver dernier, un grand événement se chuchota dans le jeune monde de la rime. C'était, si je ne m'abuse, le soir de la *première* de *Severo Torelli*. Catulle Mendès, venu sur la rive gauche pour assister son vieux camarade Coppée ce soir de la bataille, annonça, quelque part, dans les couloirs de l'Odéon, qu'il allait faire à la salle des Capucines une série de conférences sous la rubrique : *La Légende du Parnasse contemporain*. Ce fut une sensation, car ce

soir-là, le ban et l'arrière ban des jeunes poètes plus ou
moins chevelus se pressait au café Voltaire, autour
d'une table légendaire, la table, toujours la même, où
régulièrement venait s'asseoir notre pauvre ami Léon
Valade. La nouvelle se répandit donc comme une traînée de poudre. Car il existe un clan d'êtres, fort res-
treint, d'ailleurs, mais aussi plein d'aristocratiques
prétentions, dans lequel l'apparition de certain poème
ou de certain sonnet produit une émotion analogue à
celle qu'enfante, dans un autre monde beaucoup plus
étendu, le bruit d'un coup de bourse. Or, quelques
jours après ce soir-là, tout notre clan de poètes se rendait à la salle des Capucines. Là, c'était un parterre
de rois, de reines aussi. Car, à côté des têtes illustres,
à côté des têtes plus jeunes, inconnues encore, mais
dont beaucoup secouaient la chevelure touffue que doit
porter, au moins jusqu'à vingt ans, tout apprenti
poète qui se respecte; on voyait, papillonnants et
jolis, des chapeaux de jeunes femmes. Le conférencier,
qui est un causeur étonnant, remuant comme dans un
kaléidoscope les idées et les images, s'était défié de
lui-même. Il lisait, mais il lisait des improvisations
dictées le jour même, et ce furent des causeries charmantes, brillantes tour à tour, et graves, et émues,
mais toujours passionnées pour l'art et la poésie; il
lisait des vers, des pages de prose des poètes qui consti-
tuèrent le groupe du Parnasse; et à chaque lecture, à
chaque pause, des applaudissements lui coupaient la
parole.

LA

SECONDE NUIT

ROMAN BOUFFE

Par Paul GINISTY

AVEC 66 ILLUSTRATIONS DE HANRIOT

Un beau volume in-8 sur papier vergé

PRIX : **10** Fr.

———— • ————

Chacun connaît le style alerte, vif,
enjoué du spirituel écrivain. Le *Gil Blas*
donne de cet ouvrage l'appréciation suivante, que toute la presse française et
étrangère a ratifiée.

Nous détachons les passages suivants de l'intéres-
sante préface qu'Armand Silvestre a écrite pour un
nouveau volume de Paul Ginisty : *La Seconde Nuit,*
un conte très gai que vient de publier avec beaucoup
de soin l'éditeur A. Brancart, de Bruxelles :

La première moitié de ce siècle fut égayée par un
romancier d'un esprit à la fois très honnête et très

ingénieux, plein d'imagination, de verve et de justesse dans l'observation. La popularité de Paul de Kock fut immense et j'ajoute qu'elle fut méritée. Il est douteux cependant qu'après avoir fait les délices de nos pères et trouvé des admirateurs jusque sur le trône de Saint-Pierre, ce fécond écrivain soit seulement connu de nos neveux. Il a peint cependant les mœurs du petit monde de son temps avec une fidélité qui en fait le successeur direct de Restif de la Bretonne et, naturaliste sans prétentions, il a commencé sous une forme joviale l'œuvre de sincérité que poursuit l'*école zoliste*. Plusieurs de ses romans sont presque des chefs-d'œuvre d'intérêt bien conduit. Quelle loi fatale les condamne donc tous à l'oubli? L'absence absolue du style. C'est si vrai et si certain qu'alors même que les délicats en France, se détournaient déjà de lui ; les étrangers continuaient à le considérer comme une des gloires de son temps. Voilà un fait qui, je l'espère, fait le procès des traductions une fois pour toutes.

. . . . , ...

Etre artiste avant tout et dans les moindres choses, voilà le vrai souci.

... Mais ce n'est pas le lieu des philosopher sur la contingence absolue de toutes nos opinions. Le fait qui me frappe, c'est le soin d'écrire et le souci de la forme qu'apportent dans leurs récits plusieurs des jeunes conteurs dont je veux parler... Par là, du moins, ils se rapprochent des romanciers dont on ne saurait nier la haute valeur littéraire, la conscience et l'immense talent. Voilà qui est donc bien prouvé aujourd'hui : le style seul fait vivre les œuvres. Aussi me suis je intéressé tout de suite au livre dont mon ami Paul Ginisty a bien voulu me confier les épreuves, en me demandant quelques lignes d'introduction dont il n'avait aucun besoin, mais que mon affection n'a pu lui refuser. Plein de détails amusants, de descriptions bouffonnes, de dialogues invraisemblables — si toutefois quelque chose est invraisemblable ici-bas, ce dont je ne suis pas convaincu, — c'est avant tout un livre écrit et fait pour les délicats, les seuls qui vaillent qu'on s'en préoccupe. Je n'ai donc point à le recommander au lecteur, celui-ci lui sera fidèle, ni à lui souhaiter bonne chance, car la chance vient tout naturellement aux ouvrages aimables ayant, pour surcroît, de solides qualités.

ARMAND SILVESTRE.

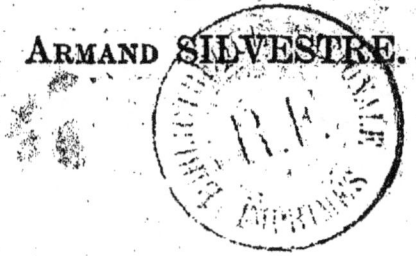

www.ingramcontent.com/pod-product-compliance
Lightning Source LLC
Chambersburg PA
CBHW071825020726
47502CB00004B/1236